감성 수학 공상 소설

시간을 보는 아이 모링

김상미 지음

씨드북

추천의 글

이 책은 한 편의 드라마이다. 안 보면 보고 싶어지는, 재미있어서 손에 잡고 놓지 못하는 북 드라마이다. 난 가끔 이런 상상을 해 본다. 교육부가 수학 교육을 위해 사용할 연구비를 수학 로맨스 드라마를 만드는 데 투자한다면, 아마 많은 학생들이 수학 공부를 열심히 하지 않을까 하는 상상을 말이다. 잘 짜인 시나리오와 달달한 대사는 물론이고 가장 인기 있는 배우가 멋진 수학 교사 역을 맡는 드라마라면, 수포자들도 다시 수학 책을 붙잡지 않을까.

공기가 눈에 보이지 않는다고 해서 필요 없다고 할 수 없듯이, 수학이 잘 보이지 않는다 해서 쓸모없다고 할 수 없다. 그러나 학교에선 수포자가 넘쳐 난다. 어느새 수학은 특별한 사람에게만 필요하고, 특별한 재능이 있어야만 잘할 수 있다는 신화가 생겼다. 알고 보면 수학은 수많은 수학자들의 삶과 지혜의 이야기로 가득한 인문학인데, 학교 수학은 그걸 전혀 담아내지 못하고 있다.

이 책은 상처 입은 소년의 치유를 담아낸 성장 소설이자 세대를 뛰어넘는 브로맨스 드라마이다. 상처의 시작도, 종결도 결국은 '관계'이다. 그 치유 이야기 속에 학교 수학이 이야기하지 못한 수학자들의 삶과 지혜가 가득 담겨 있다. 게다가 감동적이다. 상처가 있어야 성장한다고 하지 않던가. 누구나 상처 하나쯤은 있다. 그 속엔 수많은 이야기가 있다. 오차 방정식과 상처는 닮아 있다. 그 해법도 닮아 있다. 이쯤이면 읽어 봐야 하지 않겠는가.

간디고등학교 수학 교사 박종하

∞

학생들로부터 학년 초마다 받게 되는 곤란한 질문 중 하나는 바로 왜 수학을 공부해야 하는가이다. 뭐, 언제나 그렇듯 올해에도 학생들이 미소를 머금으며 고개를 끄덕이게 되는 속 시원한 답변을 하지 못했다. 그런데 이번에 이 책을 통해 수학 판타지에 빠져들면서 이 책이 바로 그 답변이 될 수 있겠다 싶었다.

이 판타지에는 탈레스, 아르키메데스, 뉴턴, 그리고 칸토어에 이르기까지 인류 역사상 위대한 천재들이 등장한다. 수학 교과서나 어려운 수학사 책에서나 만나던 천재들이 이 책에서는 그저 한 소년과 신비한 할아버지의 대화 속에 쓰윽 등장한다. 그들의 대화에 귀를 기울이다 보면 수학을 배워야만 하는 이유를 나도 모르게 알게 될 것이다. 또한 덤으로 얻게 되는 선물이 하나 더 있다. 바로 사춘기 시절에 누구나 하나씩은 갖고 있을 법한 고민과 아픔을 가진 주인공 모링이 상처를 치유해 가는 과정을 함께 겪을 수 있다는 것! 이 책은 우리를 수학 판타지 세계로 데려갈 아주 특별한 소설임이 틀림없다.

안곡중학교 수학 교사, EBS 수학 강사 배수경

일러두기
이 책에서 반고 할아버지가 들려주는 천재들의 이야기는
실제 이야기를 바탕으로 각색을 거친 것입니다.

목차

∽

"엄마, 저 퇴원해도 학교는 가기 싫어요."
엄마는 진료실로 들어가는 아이의 뒷모습을 바라본다.

∽

01
귀신을 보는 아이

"아직도 보이니?"

"네."

"선생님 옆에도 있어요."

"그 사람들이 어떻게 생겼지?"

"무슨 말이죠?"

"예를 들면 강아지 같다든가, 외계인 같다든가, 아니면 무섭게 생겼다든가……."

"우리랑 똑같이 생겼어요. 다만 모두 같은 옷을 입었어요."

"같은 옷?"

"네, 회색 면으로 된 옷이에요."

"뭘 하고 있지?"

"처음 선생님을 만났을 때와 똑같아요. 그들은 계속 물건을 옮기며 움직이고 있어요. 그리고 선생님의 질문도 처음 만났을 때와 같고요."

　연구 지원금을 받기 위한 서류를 제출해야 하는 마지막 날이라 상담하는 데 집중하지 못한 스노버는 아이의 날카로운 말에 서류를 정리하던 것을 멈췄다. 가시 돋친 말과 아이의 무심한 눈빛이 대조를 이루었다.

"오늘은 몇 명이니?"

"뭐가요?"

"네 주변에 그 사람들."

"음, 지난번보다는 줄었어요."

"그래? 그렇구나!"

스노버는 아이의 대답을 듣고는 진료 보고서에 뭔가를 기록했다.

"오늘 드디어 병원을 나가는구나!"

"그렇다네요."

"기분 어때?"

"뭐가요?"

"병원 나가는 거."

"아무 생각 없어요. 병원에 들어온 거 자체가 이상한 일이었으니까요. 그저 제자리를 찾아 가는 것 뿐이죠."

"아직도 여기 들어온 것 때문에 화가 나는구나?"

"제가 미쳐 날뛴 것도 아니고 누구에게 피해를 준 것도 아닌데, 왜 병원에 입원까지 해야 했는지 아직도 이해가 안 돼요. 다 돌팔이예요."

스노버는 눈을 아래로 깔고 잠시 가만히 있었다. 그러더니 의자를 돌려 아이와 마주 앉아 진지하게 말을 했다.

"여기 오는 친구들 중에 가끔 너처럼 말하는 아이들이 있긴 하지. 그런데 그건 오해야. 이곳은 사람들이 흔히 영화에서 보는 것처럼 중증 환자들을 격리하기 위해 입원시키고 가두는 무시무시한 곳이 아니야. 고민 있는 사람들이 그저 편하게 상담하러 오는 곳이지. 주변을 봐. 대부분 너 같은 아이들이잖아. 별다른 이유 없이 그냥 놀기 위해 오는 아이들도 있어. 너도 역시 그런 아이 중 한 명이고. 물론 그 아이들 대부분이 집에서 다니기는 해. 너처럼 병원에 머무는 아이가 없는 건 사실이지. 그런데 너는 너무 먼 곳에서 왔다 갔다 해야 하니까 배려한 것뿐이지, 네가 증상이 심한 환자라 격리하려고 한 것은 아니라고. 오해 없길 바란다."

자신을 응시하는 모링의 눈을 보며 스노버는 의자를 다시 돌려 책상 쪽으로 앉았다.

"글쎄요. 과연 남들도 그렇게 생각할까요? 전 그저 정신 병원에 간 이상한 아이가 된 것뿐이에요. 정상인 사람도 정신 병원에만 다녀오면 낙인이 찍히잖아요. 선생님은 정말 모르시는 건가요? 모르는 척하시는 건가요?"

아이의 말에 스노버는 일일이 대꾸하지 않았지만 왼쪽 눈썹이 위로 솟았다가 내려온 것으로 보아 언짢음을 알 수 있었다. 스노버는 말없이 진료 보고서를 작성했다. 두 사람 사이에 차가운 정적이 흘렀다.

"퇴원하면 이사 간다면서?"

"그렇다네요."

"청보리밭과 해바라기밭이 펼쳐진 청량한 곳이라던데. 공기 하나는 완벽하다고 들었어."

"부러우시면 선생님도 오세요."

"그래, 한번 생각해 볼게."

"어디 보자. 퇴원 기념으로 뭐 줄 게 없나."

스노버는 진료실 책상 서랍 여기저기를 열어 보다가 목에 거는 가방을 하나 꺼냈다.

"이거 어때? 새것은 아니지만 쓸 만할 거야."

표정 없이 앉아 있는 아이에게 스노버가 조심스럽게 말했다.

"사과네요."

"응, 과학 박물관에서 열린 뉴턴 기념 행사에 갔다가 하나 산 거야."

뉴턴이라는 말을 듣더니 아이의 눈빛이 반짝였다.

"내가 어릴 적에 한참을 잘 들고 다녔어. 나도 너처럼 뉴턴을 정말 좋아했거든."

"번번이 같은 질문만 하셔서 제가 하는 말은 안 들으시는 줄 알았는데, 제가 뉴턴을 좋아하는 건 기억하시네요."

그동안 어린 환자의 냉소적인 반응에 단련된 스노버는 태연하게 말을 이어 갔다.

　"너 뒤끝 참 질겨. 오늘은 조금 바빠서 그런 거고. 내가 얼마나 너한테 관심이 많은데. 자꾸 그러면 정말 섭섭해."

　시종일관 스노버의 말을 비꼬던 아이는 이번엔 자기가 너무한 것 같다는 생각이 들었는지 가만히 있었다.

　"항상 네가 들고 다니는 그 신문 말야. 이 가방에 넣고 다니면 좋지 않을까? 그냥 손에만 들고 다니면 찢어질까 늘 걱정되고, 비에 젖으면 지금보다 더 망가질 수도 있을 것 같아서 말야."

　아이는 뜸을 들이다 대답을 했다.

　"좋아요, 그러죠."

　소아 상담 전문의도 어디로 튈지 모르는 예민한 사춘기 환자와 대화를 나누는 것은 쉽지 않았다. 항상 예측할 수 없고 남의 기분을 상하게 하던 아이가 흔쾌히 선물을 받아들이자 스노버는 묘한 성취감이 들었다.

　"기분 되게 좋은데? 내 선물을 받아 줘서. 기념으로 내가 이름을 써 줄까?"

　스노버는 가방에 있던 이름표를 꺼내서 아이의 이름을 썼다.

> 이름: 모리
> 가방을 주은 분은 아래 번호로 연락 주세요.
> 전화번호: XXX-XXXX-XXXX

정성껏 쓴 이름표를 다시 끼운 후 가방을 아이에게 주었다. 아이의 이름은 모링이었다.

"그건 맘에 안 드네요."

"뭐가?"

"제가 뭐 어린애도 아니고."

"하긴 내 기억에도 열네 살은 스스로를 가장 어른스럽다고 생각한 때인 것 같구나! 너무 어리게 대한 것이 언짢았다면 사과하지."

"사과를 받을 정도는 아니에요. 사과는 가방으로 충분해요."

"이렇게라도 너에게 선물을 했다는 생색을 내고 싶은 거니, 네가 이해해 줘."

이름표도 완성되었으니 사과 가방은 완전히 모링의 것이 되었다. 모링은 손에 들고 있던 신문지를 접고 접었다. 신문지는 생각보다 두꺼워졌지만 가방 안에 넣을 수는 있었다.

"접으니 신문지가 생각보다 두꺼워지네요."

"그렇지. 신문지를 접으면 2의 거듭제곱 배로 두꺼워지거든."

"그렇겠군요."

"네가 잊고 있는 거 같은데, 의사가 되려면 수학을 잘해야 한다고. 내 입으로 말하기 뭐하지만, 나 의사란다. 하하."

"그렇군요. 그럼 지구에서 태양까지의 거리도 혹시 아세요?"

"그건 갑자기 왜? 한 1억 5000만 킬로미터 정도인가?"

"그럼 0.1밀리미터의 종이를 몇 번 이상 접어야 그 정도 두께가 나올까요?"

한발 더 나가는 모링의 질문에 수학을 잘한다고 자부하던 스노버는 당황했다.

"종이를 50번 접으면 두께는 0.1 곱하기 2^{50}밀리미터가 되겠죠. 계산하면 약 1억 킬로미터가 되니까. 50번 이상은 접어야 할 거예요. 그런데 그런 종이가 없다는 것은 함정이지만요."

"내가 졌다, 모링!"

"선생님과 나눈 대화 중 저에겐 가장 흥미 있는 대화네요. 이 대화가 끝이라는 건 더 흥미롭고요."

신문을 가방에 넣은 모링은 다시 똑바로 앉아 스노버를 응시했다.

"엄마는 밖에 계시지?"

"네."

"엄마랑 잠깐 더 이야기 나누고 싶은데, 기다릴 수 있지?"

"네, 선생님은 저보다 엄마랑 늘 더 많은 이야기를 나누시잖아요."

꼬일 대로 꼬인 모링과 더는 가까워지지 못한 채 스노버는 마지막 인사를 나누었다.

"잘 가, 모링. 다음에 또 보자."

모링은 진료실 밖으로 나왔다.

"어머! 예쁜 사과를 들었네!"

간호사들이 다들 사과 모양 가방에 관심을 가졌다. 모링의 흔들림 없는 눈빛은 간호사들의 호들갑스러운 인사에도 변함이 없었다.

모링은 진료실 밖 의자에 앉았다. 그리고 사과 가방을 목에 걸었다.

"키엘, 들어오세요."

간호사가 모링의 엄마를 불렀다.

"의사 선생님과 잠깐 이야기 나누고 나올게, 모링."

모링의 엄마는 큰 눈망울로 모링을 바라봤다. 모링 엄마는 크고 아름다운 눈을 가졌다. 하지만 그 눈에는 깊은 불안과 망설임이 고스란히 담겨 있었다.

"어떤가요? 선생님."

"음……, 뭐라 말씀을 드려야 할지."

"입원해서 집중 상담을 한 이후에도 크게 달라진 건 없네요. 안타깝습니다. 모링은 여기에 온 것 자체를 감당하지 못하는 것 같아요. 제가 괜히 죄송해지네요."

"별말씀을요, 선생님. 모링에게 충분히 상황을 설명하지 못한 제 잘못이 큽니다."

"그래도 주변에 보이는 그 사람들이 줄었다는 이야기는 고무적입니다."

"모링이 보는 것이 정말 귀신일까요? "

"글쎄요."

"제가 엄마이기는 하지만 저도 어찌해야 할지 모르겠어요. 모링은 학교도 가지 못하고 있어요. 엄마들이 수군거려요. 아이들도 모링 곁에 오지 않고요.

아빠의 죽음을 받아들이기 힘들 텐데, 사람들에게도 시달리고 있어요. 가장 예민한 시기에 충격이 커서 그런지 모링의 웃음을 본 지도 오래됐죠. 웃음이 사라졌어요. 제가 걱정스러운 눈빛을 하거나 말이라도 걸려고 하면 날카롭고 예민한 반응만 돌아올 뿐이에요."

키엘의 큰 눈에 고인 눈물이 금세 떨어질 것 같았다.

"아버지의 갑작스러운 죽음은 우리 같은 어른들도 감당하기 어려운 일이잖아요. 마음이 약한 상태에서 환영이 보이는 것일 수도 있어요. 좋은 곳에 살다 보면 자연스럽게 좋아질 거예요. 시간이 필요합니다."

스노버의 따뜻한 위로가 키엘의 상처받은 마음을 감쌌다.

"그랬으면 정말 좋겠네요."

"이사 가는 곳에서 살 준비는 다 마치셨나요?"

"네, 하지만 모링이 적응하는 것을 보고 나서 얼마나 더 머물지를 정하려고 해요."

잠깐 정적이 흐른 후 키엘이 말했다.

"모링은 여러모로 저에겐 너무 벅찬 아이라는 생각이 들어요. 제가 엄마 자격이 있는지도 잘 모르겠습니다."

"무슨 그런 말씀을 하세요. 모링이 어머니 같은 분을 만난 것은 축복이죠."

또다시 고요가 깃들었다. 이번엔 스노버가 어렵게 말을 꺼냈다.

"어머니, 모링의 상태는 빠르게 정상으로 돌아온다는 보장이 없습니다. 그래서 모링도 중요하지만 어머니의 삶도 함께 생각하셨으면 합니다."

"네……."

키엘은 말끝을 흐렸다.

"지난번에 해 주신 말씀 기억하고 있어요. 제가 모링에게 지나치게 관심을 보이면 모링이 부담을 느껴 더 반항할 수 있다는 말씀이요. 걱정되어 일일이 챙겨 주고 싶은 마음 한가득이지만, 모링 곁에 계속 붙어 있지 않으려고 의식적으로 노력하고 있어요. 이사 가는 곳은 주변 환경이 한적해서 제가 모링을 좀 더 여유롭게 지켜볼 수 있을 것 같아요."

스노버는 지금의 상황이 감당하기 어려우면서도 의연한 척하는 키엘이 안타까웠다.

"그럼, 한 달쯤 뒤에 다시 뵙겠습니다."

"네, 참, 가방 감사합니다!"

"아! 새것도 아닌데요, 뭐."

"모링이 다쳐서 한쪽 손을 사용하지 못할 때도 늘 쥐고 다니던 신문이에요. 자신은 다 컸다고 말하면서도 그것만은 양보하지 않았던 아이인데……, 선생님의 제안을 받아들이다니 조금 놀랐어요. 너무 감사드려요."

"저도 모링이 그렇게 흔쾌히 받아들일 줄은 몰랐어요. 늘 그렇게 손에 들고 다닐 수 없으니 가방을 마련해 주면 좋을 것 같아서 그냥 한번 권한 거예요. 다행히 모링이 받아들였고요."

"이제는 그만 신문을 두고 다니라고 몇 번을 말해도 안 되던 일이에요."

"아버지가 돌아가신 날의 신문은 모링의 분신이잖아요."

"네……."

스노버와 대화를 나누는 키엘의 목소리는 감정에 따라 높아지다가 다시 낮아지기를 반복했다.

"이번 상담을 통해 위로와 치유를 받은 건 모링이 아니라 저라는 생각이 들어요. 건강해진 모습으로 뵐게요, 선생님."

"네, 그럼 다음에 뵙죠!"

진료실을 나가는 키엘의 걸음은 무거웠다.

02
바람의 집

"저희가 할 일은 거의 다 끝난 것 같습니다. 이 상자는 어디에 둘까요?"

이삿짐센터 아저씨가 마지막으로 남은 상자 하나를 들고 키엘에게 물었다.

"아, 그것은……."

한참을 망설이던 키엘이 말했다.

"저한테 주세요. 제가 옮길게요."

'모링의 눈에 띄지 않는 곳에 두어야 할 텐데…….'

키엘은 상자를 든 채 잠시 고민하다가 자신의 옷장 안 깊숙이 그 상자를 넣었다.

"그럼, 저희는 가 보겠습니다."

"네, 수고하셨습니다. 감사합니다. 안녕히 가세요."

이삿짐센터 아저씨들이 모두 가고 키엘은 한동안 마당에 서서 집을 바라봤다. 모링은 그런 엄마의 모습을 뒤에서 조용히 바라봤다.

"왜 어떤 분은 그대로 계시고, 어떤 분들은 가시는 거죠?"

"누구?"

"이삿짐센터 아저씨들이요."

"이제 일을 마쳤으니 가셔야지."

"제 주변에서 물건을 옮기는 분들은 도대체 언제 가시는 건가요?"

좋아질 거라는 희망을 갖고 이사 온 첫날, 잊을 만하면 모링이 내 뱉는 이상한 말은 키엘에게 남은 마지막 기운마저 앗아 갔다.

"이리 와, 모링."

키엘은 다가온 모링을 꼭 안았다. 그러고는 그동안 참아 온 것을 한꺼번에 터뜨리는 듯 흐느껴 울었다.

'도대체 왜 그러는 거니? 어디서부터 잘못된 거야.'

키엘의 슬픔이 고스란히 모링에게 전해졌다. 자신이 다 컸다고 생각했지만 열네 살 모링은 이 상황을 도무지 어찌해야 할지 몰랐다.

아빠가 갑자기 돌아가신 후부터 모링에겐 회색 옷을 입은 사람들이 나타났다. 자신의 눈에만 보이는 그들의 존재를 알리고 난 후로, 모링은 아는 사람은 물론 모르는 사람들에게조차 귀신을 보는 아이라는 놀림과 시선 폭력을 당했다. 그럼에도 불구하고 모링은 움츠러들지 않고 꿋꿋했다. 남과 다르다는 것이 혐오의 대상은 아니라는 생각 때문이었다. 오히려 자신을 믿지 못하고 다른 사람을 의식해서 괜한 걱정을 하시는 엄마의 모습이 모링에겐 더 화가 나는 일이었다. 자신을 지나치게 돌보는 게 부담스러워 엄마의 모든 말에 가시 돋친 답변으로 반응했다. 어쩌면 자신이 그동안 투덜거려서 엄마가 이렇게 약해지신 건 아닐까 하는 생각이 들었다. 평소 같으면 엄마에게 안기는 게 싫어 피했을 테지만, 낯선 공간에서 의지할 곳 없이 서글피 우는 엄마를 보니 이 순간만이라도 엄마가 원하시는 대로 있는 것이 자신의 도리라는 생각이 들었다. 단지 안겨 있는 것만으로도 위로가 될 수 있다면 말이다.

모링은 엄마 품에 안긴 채로 새 집을 바라봤다. 도심에서 멀리 떨어져 초록빛으로 둘러싸인 집이 맘에 들었다. 모처럼 느끼는 한적함과 귓가를 스치는 바람 소리도 좋았다. 엄마 품에 안겨서도 스노버 선생님께 받은 사과 가방을 만지작거렸다. 그리고 항상 그렇듯이 모두 같은 회색 옷을 입고 아무 말 없이 일정한 속도로 물건을 옮기는 사람들을 바라봤다.

시간이 얼마나 지났을까. 한참을 운 키엘이 모링에게 말했다.

"모링, 이제 들어가자. 네 방도 구경하고 짐도 풀어야지."

키엘은 모링의 손을 잡고 새 집으로 들어섰다. 거실은 아담했다.

가구와 같은 큰 짐은 벌써 제자리에 놓여 있었다. 키엘이 아끼는 그릇과 작은 인형, 사진 액자 등이 담긴 상자만 아직 정리되지 않은 채 거실 탁자 위에 놓여 있었다. 모링은 창을 통해 보이는 바깥 풍경이 마치 액자에 담긴 그림 같다고 생각했다.

키엘은 모링을 데리고 2층으로 올라갔다.

"여기가 네 방이란다."

창이 큰 방이었다.

"낮이면 햇살이, 밤이면 수많은 별들이 너의 친구가 되어 줄 거야."

모링은 방을 찬찬히 둘러봤다.

"먼지 나가게 문 좀 열어 놓을까? 긴 시간 차 타고 오느라 피곤했지? 엄마가 아래층 정리를 하는 동안 좀 쉬렴."

키엘은 창문을 열고 방을 나갔다.

모링은 침대에 앉아 창밖을 내다봤다. 널따란 흙길이 가운데로 쭉 뻗어 있고 멀리 나지막한 산도 보였다. 길 왼쪽에는 푸른 보리밭이, 오른쪽에는 거대한 해바라기밭이 자리를 잡고 있었다. 바람결을 따라 보리들이 인사를 했다. 보리밭의 푸르름에 눈이 편안해졌다. 자연의 움직임 앞에서는 매일 자신의 주변에서 움직이는 회색 옷을 입은 사람들도 크게 신경 쓰지 않게 될 것 같았다.

모링은 문득 스노버 선생님의 말이 생각났다. 공기 하나는 완벽한 곳이라 들었다고 하셨는데, 그 말은 사실이었다. 스노버 선생님은 그저 가식적인 돌팔이일 뿐이라고 생각한 게 조금 미안해졌다. 창문으로 들어오는 푸른 바람의 냄새를 맡으니 눈이 저절로 감기고 주위의 소리가 들려왔다.

"조르릉 조롱, 조르릉 조롱."

바람 소리는 개울을 흐르는 물줄기 소리와도 같았다.

"조르룽 조롱, 조르룽 조롱."

사과 가방을 멘 채 눈을 감고 침대에 누웠다. 눈을 감으니 시각으로 쏠리던 에너지가 촉각, 청각, 후각으로 옮아갔다. 모링은 주변의 냄새와 소리에 집중하고, 자신의 냄새와 숨소리를 자연스럽게 퍼뜨리며 새로운 공간과 인사하는 의식을 치렀다.

"새로 이사 오셨군요."

"네, 안녕하세요."

"저는 저기 보이는 집에 살아요."

마당에서 엄마와 낯선 사람의 대화가 들렸다. 모링은 침대에서 일어나 창밖 아래를 바라봤다. 낯선 사람의 하얀 머리카락이 엄마의 짙은 갈색 머리카락과 대비를 이루었다.

"저도 여기에 혼자 정착했어요."

"그러시군요."

"조용하고 살기 좋은 곳이에요. 이동할 때 시간이 많이 걸리는 것만 빼면요."

"그런 것 같아요."

"동네 가까운 데 갈 때는 자전거가 좋아요."

"자전거가 있긴 한데, 타지 않은 지 오래라……."

"제가 한번 손봐 드릴까요?"

"말씀만이라도 감사합니다."

마당에서 대화를 나누던 하얀 머리카락의 사람이 고개를 들었다.

2층에서 내려다보던 모링과 눈이 마주쳤다. 하얀 머리카락을 가진 그 사람은 연세가 지긋한 할아버지였다. 모링은 순간 당황하여 안쪽으로 물러섰다.

"아드님인가 보네요?"

"네."

어두워지는 키엘의 표정을 읽었는지 할아버지는 더는 묻지 않았다.

"당분간 집 정리하느라 정신없으시겠어요. 혹시 도울 일이 있으면 말씀하세요."

"네, 안녕히 가세요."

이웃집 할아버지의 자전거가 멀어졌다. 자전거 뒤에 매달린 나무 바람개비는 꽤 멀리서도 눈에 들어왔다.

키엘은 현관에 걸어 놓을 거울을 닦았다. 거울에 비친 자신의 얼굴을 보았다. 겪어 본 적 없는 일들이 일어나 뒷감당에 발버둥 치다 보니 어느덧 한 해가 지나갔다. 얼굴에 쌓인 수심의 흔적을 확인하고 나니 거울 속 자신과 눈을 맞추는 것이 불편했다.

키엘은 언제나 정 많고 선한 사람이었다. 만나는 사람마다 먼저 인사를 하고, 어려운 일이 있는 사람을 챙겨 주고, 직장 동료들에게 휴가 일정도 선뜻 양보해 주었다. 한편으로는 남편을 많이 의지하는 어린 여자이기도 했다. 남편은 대학 소속 연구원으로 셔츠와 면바지가 잘 어울리는 깔끔한 남자였다. 이 둘은 각자 자신의 일을 좋아하고 서로 사랑하며 큰 욕심 없이 살아가는 평범한 부부였다.

많은 아버지들이 그렇듯, 키엘의 남편 역시 아들이 크면 함께 여행을 가는 바람을 갖고 있었다. 그때만 해도 남편의 꿈이 실현되는 날에 키엘의 삶이 송두리째 바뀌어 버릴 것이라고는 아무도 예상하지 못했다. 남편이 열네 살의 모링과 첫 여행지인 네팔에 도착한 첫날에 최악의 재앙으로 기록될 대지진이 일어났다. 키엘은 네팔로 날아가 남편의 사망을 확인했다. 아들 모링의 생존을 알고 감사한 것도 잠시였다. 모링이 사고 직후부터 '아무에게도 보이지 않는 사람들이 보인다'는 말을 지금까지 하고 있기 때문이다. 사고가 일어난 지 1년이 지났지만 키엘 역시 그날의 충격에서 벗어나지 못하고 있다. 다만 엄마이기에 내색하지 않고 있을 뿐이었다.

마음 약한 키엘은 지금까지와는 다른 삶의 방식을 택하는 대가로 울지 않은 날이 하루도 없었다. 그래도 그 사고 이후로 모링에게 눈물을 보인 것은 오늘이 처음이었다.

마당과 현관을 정리하고 나니 저녁 무렵이었다. 시골이라 그런지 해가 지자 금방 어두워졌다. 키엘은 저녁을 준비하기 시작했다. 이사 온 첫날이니 평소와 달리 근사하게 준비하고 싶었다. 샐러드와 파스타를 만들고 고기도 구웠다. 식탁에 하얀 식탁보를 깔고 장식장에 고이 놓아 두었던 그릇을 꺼내 요리를 담았다.

"모링, 식사하자. 내려오렴!"

이웃집 할아버지와 갑작스럽게 눈이 마주친 순간부터 집에 없는 척하던 모링은 엄마의 부름을 받고 내려가기 위해 창문을 닫으며

밖을 보았다. 햇살이 사라진 풍경도 나쁘지 않았다. 더 어두워지면 무서울 것 같지만, 아까 엄마의 눈물을 보고는 이제 이런 것쯤은 무서워해서는 안 된다는 것을 깨달았다.

"이사 온 첫날이라 요리 솜씨 좀 뽐냈는데. 어때?"

모링은 엄마가 더 과장된 목소리로 말한다는 사실을 알 수 있었다. 엄마가 자신 앞에서 운 것이 창피해서 그러는 거라 생각했다. 오늘만은 엄마에게 툴툴대지 말아야겠다고 생각한 모링은 요즘 들어 가장 다정하면서도 어른스럽게 대답을 했다.

"네, 너무 맛있어 보여요."

모링은 자신이 보일 수 있는 가장 맛있는 표정을 지으며 음식을 먹었다.

"방은 어때?"

"좋아요."

"어디가 가장 맘에 들어?"

"창문이요."

모링이 이렇게 질문에 바로바로 대답을 하는 건 참으로 오랜만이었다.

"모링, 큰 가구들은 제자리를 찾았지만 그래도 당분간 집 안을 정리해야 될 거야."

"제 방은 제가 잘 정리할게요."

"고마워, 모링."

"이제 제가 할 수 있는 일은 제가 할게요."

"뭐야, 갑자기 너무 든든해졌는걸. 진작에 이사할 걸 그랬네."

자신의 대답에 저렇게 좋아하는 엄마를 보니 그동안 툴툴대던 게 더 죄송했다.

"파스타가 맛있었어요."

"그래, 자랑스러운 내 아들."

따뜻한 불빛, 맛있는 음식, 자신을 바라봐 주는 엄마가 있어 좋은 저녁이었다. 아빠까지 있으면 더 완벽했겠지만 그것은 이제 바라면 안 되는 일이라는 걸 모링은 너무나도 잘 알고 있었다.

"엄마, 저 오늘부터 제 방에서 혼자 잘게요."

"괜찮겠어?"

"네, 그렇게 하고 싶어요."

모링과 키엘은 새로 온 집에서 첫 저녁 식사를 마쳤다.

엄마와 대화를 나누는 순간에도 모링에겐 같은 옷을 입고 일정한 속도로 물건을 옮기는 사람들이 계속 보였다.

03
반고 할아버지

키엘의 걱정과 달리 모링은 이사 온 곳을 매우 마음에 들어했다. 모링은 주변 환경을 오랫동안 집중해서 관찰했다. 낮에는 하염없이 보리밭을 쳐다보고, 밤에는 침대에 누워 창밖에 떠오른 별들을 바라보았다. 혼자 자는 것에 대한 두려움은 이사 온 첫날에 별들이 모두 가져갔다. 모든 일에 냉소적이던 모링이 점차 편안해져 가는 모습을 보면서 키엘도 안정을 찾아 갔다.

처음엔 이웃집 할아버지에게 경계심을 늦추지 않던 키엘은 시간이 지나면서 할아버지가 위험한 사람이 아니란 걸 알게 되었다. 하지만 모링은 여전히 할아버지가 엄마를 돕기 위해 집에 오면 인사만 하고 2층에 올라가 내려오지 않았다. 그래도 지금은 할아버지를 바라보면서 자연스럽게 눈을 맞추곤 했다.

모링의 병원비와 지금까지의 생활비는 남편의 보험금으로 해결할 수 있었다. 하지만 스노버의 조언처럼 키엘은 이제 자신이 다시 일을 시작해야 할 때가 왔다는 생각이 들었다.

"모링, 엄마가 직장을 구하고 있어. 그래서 오늘은 시내에 좀 다녀와야 할 것 같아. 오래 걸리지는 않을 것 같은데, 혼자 있을 수 있겠니?"

"당연하죠. 전 열네 살이라고요. 이젠 어른이에요."

"엄마는 예전처럼 도서관에서 일을 할 것 같아. 책 좋아하는 우리 아들을 위해서라도 꼭 일을 하고 싶어."

모링은 걱정스러운 눈빛으로 키엘을 봤다.

"괜찮으신 거예요?"

"뭐가?"

"아빠 생각나서 그만두신 거잖아요."

키엘은 예상치 못한 모링의 말에 당황했다.

"저번에 엄마가 할머니랑 통화하는 것을 들었어요. 아빠를 만난 곳도 도서관이고 사랑을 키워 갔던 곳도 도서관이라, 거기에 가면 아빠 생각이 나서 너무 슬프다고 하시던 거요."

"아……."

키엘은 말을 잇지 못했다.

"일부러 들으려고 한 것은 아니고요. 그때 마침 잠에서 깼는데, 눈을 뜰 수가 없었어요. 몰래 들은 건 죄송해요."

항상 보살펴야 하는 대상으로만 생각했던 모링이 이제는 자신을 생각해 주는 것을 보며 키엘은 뭔지 모를 대견함을 느꼈다.

"모링이 이렇게 엄마를 생각해 주다니, 너무 든든한데?"

감격스러워하는 키엘에게 모링은 싸늘하게 말했다.

"아직도 힘드신데, 저 때문에 일하시는 거면 하지 마세요. 나중에라도 저 때문에 엄마가 희생했다는 소리는 듣고 싶지 않아요."

표현은 거칠고 조리는 없어도, 그 안에 엄마를 위하는 마음이 있다는 걸 키엘은 알 수 있었다.

"아니야, 모링. 엄마 이제 괜찮아. 정말 괜찮아. 너 때문이 아니라 나를 위해 하는 일이야."

엄마의 말이 믿기지 않는다는 모링의 맘을 읽기라도 한 듯 키엘은 다시 한번 힘주어 말했다.

도서관은 모링 가족의 시작점이자 연결 고리였다. 대학 연구원이던 모링 아빠는 도서관에 자주 책을 빌리러 갔고, 사서이던 키엘과 사랑에 빠졌다. 그러다 보니 모링은 어려서부터 자연스럽게 책을 접했다. 엄마가 도서관에 일하러 가면 아빠가 서재에서 연구 논문을 작성하면서 모링을 돌봤다. 모링은 아빠가 읽어 보라고 주는 수학 책과 과학 책을 주로 읽었다. 그리고 그때 읽은 많은 책들이 모링을 남다른 잠재력을 가진 아이로 만들어 주었다.

아빠는 연구에 몰두하다가도 틈틈이 모링에게 수학자와 과학자들의 이야기를 들려주었다. 모링의 아빠는 자신처럼 모링이 수학과 과학을 좋아하는 아이로 성장하길 바랐고, 그 바람대로 모링은 수학을 많이 좋아하는 아이가 되었다. 그러다 보니 다른 아이들이 뛰어놀 때 모링은 아빠의 서재에서 늘 책에만 빠져 있었다. 아이 때는 뛰어노는 것도 중요한데, 모링이 너무 아이답지 않아 아빠는 한편으로 걱정이 되었다. 모링의 아빠가 네팔로 여행을 떠날 생각을 한 것도 책에만 빠져 지내는 모링에게 모험심을 길러 주고 싶었기 때문이다. 하지만 그 소박한 바람은 가족에게 큰 아픔을 남겼다.

키엘은 남편이 죽은 후 도서관 일을 그만두었다. 도서관을 다시 나간다는 건 죽은 남편과의 추억이 떠올라 슬픔과 그리움을 삼켜야만 하는 대단한 의지가 필요한 일이었다. 그것은 여자이기에 앞서 엄마이기에 가능한 결심이었다.

"무슨 일이 있으면 할아버지께 연락드려. 알지? 저기 보이는 집에 사시는 분. 우리가 정착할 수 있도록 여러모로 도와주신 분이지. 매번 신세만 져서 죄송하지만, 지금은 믿고 의지할 수 있는 사람이 한 분이라도 있다는 것이 정말 감사하구나."

"네……."

모링은 대답을 하긴 했지만 속으로는 무슨 일은 생기지 않을 것이고, 생겨도 연락 따윈 하지 않을 것이라 생각했다.

키엘은 몇 번을 멈칫거리다가 어렵게 용기를 내어 물었다.

"모링, 혹시 아직도 그 사람들이 보이니?"

늘 묻고 싶은 질문이었지만 꾹 참고 참았다가 자신을 생각해 주는 어른스러운 모링을 보자 혹시나 하는 생각에 오늘 다시 한번 조심스럽게 물었다. 하지만 돌아온 모링의 대답은 한결같았다. 키엘과 대화를 나누는 순간에도 모링에겐 회색 옷을 입고 일정한 속도로 물건을 옮기는 사람들이 계속 보였기 때문이다.

'그래, 조급해하지 않기로 했잖아.'

키엘은 다시 한번 마음을 다잡았다. 화장을 하고 단정하게 옷을 차려입었다. 남편이 죽은 후에는 화장을 한 적이 없는 키엘이었다. 거울 속에 비친 자신의 얼굴을 한참 들여다보았다.

"엄마, 정말 예뻐요."

모링의 말에 키엘은 얼굴을 붉혔다.

"고마워, 아들. 다녀올게."

키엘이 나가자 모링은 재빨리 2층으로 올라갔다. 2층에서 보면 더 멀리까지 엄마가 가는 모습을 볼 수 있었다. 엄마의 차가 보이지 않을 때까지 길을 바라봤다. 엄마가 사라지니 모링 곁에 늘 붙어 짐을 옮기던 사람들도 같이 사라졌다.

"엄마, 그거 알아요? 엄마가 안 계시면 회색 옷을 입은 사람들도 없어요."

모링은 멀리 떠나가는 엄마에게 혼잣말을 했다.

이사를 오고 이 집에 엄마 없이 혼자 있는 것은 처음이었다.

"난 열네 살이라고. 혼자 있는 건 아무것도 아니지."

그래도 슬쩍 무서워지는 것 같아서 모링은 일부러 보리밭과 해바라기밭을 바라봤다. 바람결을 따라 흔들리는 보리밭과 해를 따라 움직이는 해바라기를 보다 보면 시간이 훌쩍 지나가기 때문이었다.

그런데 갑자기 아래에서 소리가 들렸다.

"모링 군! 뭐 하나?"

모링은 아래를 내려다봤다. 이웃집 할아버지였다.

"자네 엄마가 나에게 부탁을 하던데……."

모링을 혼자 두는 게 아무래도 불안했는지 키엘은 할아버지께 전화를 드려 모링한테 혹시 무슨 일이 생겨서 연락이 오면 살펴봐 달라는 부탁을 했다. 그런데 할아버지 역시 마음이 놓이지 않으셨는지 직접 찾아오셨다.

"내가 집에 지금 벌여 놓은 일이 있어서 자네 집에 와 있을 수 없다네. 혹시 우리 집에 같이 가지 않겠나?"

모링은 할아버지의 제안에 당황했다. 이사 오고 기껏해야 마당에 나가 본 게 전부였다. 게다가 지금은 엄마도 없다. 엄마를 도와주시는 것은 감사하지만, 그렇다고 모링이 할아버지와 친하게 지낸 것도 아니다. 솔직히 말하면 대화를 직접 나누는 상황은 오늘이 처음이었다.

모링은 뜸을 들이다가 대답했다.

"혼자 있을 수 있어요."

하지만 할아버지는 더 크게 말씀하셨다.

"자네를 혼자 두고 가자니 내 맘이 편치 않아서 그래. 얼른 필요한 거 챙겨서 내려오게."

할아버지는 모링의 대답에는 아랑곳하지 않고 명령을 하시는 것 같았다. 사실 모링의 아빠가 죽고 모링이 환영을 보게 되자 사람들은 상당히 조심스럽게 모링을 대했다. 스노버 선생님도 그랬고, 간호사들도 엄마도 그랬다. 하지만 이웃집 할아버지만큼은 모링의 상태를 알지 못해서 그러신 걸까? 엄마가 부탁한 일을 도와주실 뿐 모링의 관심을 일부러 끌려고 하지도 않으셨고, 모링이 보이는 반응에 크게 신경 쓰지도 않으셨다. 그런데 이상하게도 그런 무관심이 모링은 오히려 편하고 좋았다.

"어서, 가자!"

모링은 할아버지의 거부할 수 없는 큰 목소리에 이끌려 사과 가방을 들고 내려왔다.

"가자! 모링."

2층에서 내려다볼 때보다는 할아버지의 집이 가까워 보였지만 막상 걸어가려니 생각보다 멀었다. 아주 오랜만에 운동을 한 모링은 얼굴이 발갛게 달아올랐지만 기분은 좋았다.

"자! 여기가 우리 집이다. 어린 손님에게 최고의 대접은 자유겠지? 어디에 있든 상관없으니 네 마음대로 시간을 보내렴. 난 저쪽에서 하던 작업을 마저 하고 있을 테니……."

모링은 작업장으로 가는 할아버지를 물끄러미 바라봤다. 당황스러움의 연속이었다.

"낯선 집에서의 자유라……."

다른 사람의 집에서 허용된 자유라 함은 어디까지 가능한 걸까? 한참을 서 있던 모링은 일단 집 안으로 들어가 보기로 했다. 이렇게 아무 간섭 없이 낯선 사람의 집을 둘러보는 일은 처음이었다. 할아버지에겐 일상인 공간이 모링에겐 모험의 장소가 되었다. 가만히 생각해 보니 아빠가 돌아가시고 나서 엄마 없이 혼자 보내는 시간도 처음이었다. 현관으로 다가갔다. 현관문에는 글자가 적혀 있었다.

"반고?"

모링은 문 앞에 적힌 글자를 읽고 안으로 들어섰다.

현관 앞의 선반에는 잘 만들어진 목공예품이 놓여 있었다. 비행기, 자동차, 자전거, 바람개비, 새 등 나무로 만들었다기엔 너무도 정교한 작품들이었다. 비행기는 프로펠러도 잘 돌아갔다. 그리고 좁은 통로 옆엔 거대한 나무 사다리도 있었다.

"왜 사다리가 현관에 있지?"

집 안에 들어서자 천장이 높다란 거실이 나타났다. 거실은 책이 빼곡히 꽂힌 책장으로 둘러싸여 있었다. 이렇게 많은 책이 있으리라고는 생각하지 않았기에 갑작스럽게 맞닥뜨린 책장의 규모와 높이에 모링은 압도되었다. 책장을 보고 나니 아까 그 사다리를 어디에 쓰는지 대충 짐작이 갔다.

거실의 공기는 포근했다. 책 냄새가 났다.

"이 냄새……."

책이 많은 거실을 보니 아빠의 서재가 생각났다. 손으로 책들을 짚어 가며 거실의 이곳저곳을 살폈다. 마음에 끌리는 책 몇 권을 읽다 보니 너무 오래 머무는 것 같다는 생각이 들었다. 모링은 할아버지의 집 안을 모두 돌아보지 못한 채 서둘러 밖으로 나갔다.

사각사각 소리가 들렸다. 모링은 소리를 따라 걸어갔다. 할아버지가 사포로 나무 공을 갈고 계셨다. 모링은 작업장에 놓인 나무 의자에 앉아 현관문을 들어설 때 읽은 글자에 대해 물었다. 처음으로 모링이 할아버지에게 먼저 건넨 말이었다.

"반고가 뭐예요?"

"뭐긴 뭐야, 내 이름이지."

"할아버지 이름이요?"

모링은 놀랐다. 너무 버릇없는 질문이 아니었을까 생각했다.

"할아버지 이름인지는 몰랐어요. 죄송해요. 그런 이름은 처음 들어 봐요."

"뭐가 죄송해. 모르면 그럴 수도 있지. 우리가 흔히 쓰는 이름은 아니지. 반고는 중국 신화에 나오는 신의 이름이야. 그 신은 세상의 만물이 창조되기 이전에 하늘과 땅의 모양을 정했다고 전해지지. 반고가 울면 눈물이 떨어져 강이 되고, 숨을 쉬면 바람이 되고, 말을 하면 천둥이 되고, 주위를 둘러보는 눈빛이 번개가 되었다고 해. 반고의 기분이 좋을 때면 날씨가 맑고, 반고가 슬퍼할 때는 구름이 하늘을 덮었다고 전해지지."

할아버지는 갑자기 주변을 살피더니 조용히 말을 하셨다.

"사실 우리 동네 바람도 내가 만드는 거야."

"보리밭 바람도요?"

"그럼."

모링은 할아버지의 능청스러운 거짓말에 넘어간 듯 보였다. 모링
의 그런 천진한 모습이 할아버지를 크게 웃게 만들었다.

"그 녀석 온갖 진지한 척은 다하더니 아직 한참 애구먼. 하하하."

하지만 모링은 할아버지가 자신의 탄로 난 비밀을 감추려고 일부
러 크게 웃는 것일지도 모른다는 생각이 들었다. 그리고 모링은 할
아버지가 혹시 신이라면 이건 정말 재미있는 일이라 생각했다. 모링
은 오히려 할아버지의 비밀이 탄로 난 것을 할아버지가 경계하지 않
도록 화제를 바꾸고자 다른 질문을 했다.

"그 둥근 나무는 뭐예요?"

"이건 내가 새로 사귄 친구에게 줄 선물이지. 무엇인지는 다 만들
어질 때까지 비밀이야."

모링은 반고 할아버지의 작업장에서 할아버지의 모습을 말없이 지
켜봤다. 정말 할아버지가 숨을 쉴 때마다 바람이 불었다. 그리고 그
바람은 작업장 앞에 세워진 자전거 바람개비를 돌아가게 만들었다.
하지만 할아버지가 말을 하실 때 천둥이 치지는 않았다. 모링은 신
화에 등장하는 반고와 할아버지의 관계를 추측하느라 엄마가 안
계시다는 생각도 잊고 몰입했다.

아빠가 죽은 후 사람들은 모링이 말을 하지 않을 때면 걱정이 되
는지 늘 높고 활기찬 목소리로 말을 걸었다. 그들의 배려는 고맙기
도 했지만 부담스럽기도 했다. 모링은 할아버지와 함께 있으며 누리

는 침묵이 좋았다. 오랜만에 느껴 보는 편안함이었다.

"모링!"

키엘이 돌아왔다. 키엘은 운전을 하며 오는 길에 무슨 일로 시내를 다녀왔는지, 볼일은 잘 끝냈는지 이웃집 할아버지가 물어볼까 봐 깊은 이야기까지 하지 않아도 되는 그럴듯한 온갖 답을 생각해 왔다. 하지만 반고 할아버지는 아무것도 묻지 않았다. 그러고 보니 할아버지는 처음 만날 때부터 지금까지 개인적인 일에 대해서는 어떤 질문도 하지 않았다. 키엘과 모링의 모습만 보고도 두 모자가 얼마나 힘든 일을 겪었을지 노인의 연륜으로 충분히 짐작할 수 있기 때문이었다.

"뭐라 감사를 드려야 할지……. 이것 좀 사 왔어요."

키엘은 상큼한 오렌지를 건넸다.

"벌써 오셨어요? 한 게 별로 없어서 이걸 받기가 미안하네요. 모링 혼자 잘 놀았거든요."

"별말씀을요. 모링, 할아버지께 인사드리고 집으로 가자."

"안녕히 계세요."

"그래, 모링."

반고 할아버지 댁에서 뭘 했는지 키엘이 집으로 오면서 계속 물어보는 통에 모링은 정신이 없었다. 키엘은 시내에서 맛있는 케이크를 사왔다. 케이크를 보니 키엘이 볼일을 아주 잘 마친 것 같았다. 저녁 식사 후 키엘은 앞으로의 생활에 대해 모링 할머니에게 말씀드리느라 오랫동안 전화기를 붙잡고 있었다. 모링은 일찍 방으로 올라왔다.

모링은 일과를 마치고 자신의 방에 혼자 있는 이 시간을 가장 좋아했다. 아무도 없는 조용한 방은 마음속과 같아서 누구의 시선을 의식할 필요 없이 자신의 마음에서 나오는 소리에 집중할 수 있기 때문이다. 모링은 침대에 누워 창문 밖으로 쏟아지는 별을 보며 오늘 하루를 곱씹었다. 오늘은 그동안 갇혀 있던 공간에서 빠져나온 것 같은 해방감을 맛본 날이었다. 처음으로 남의 집을 혼자서 구경하기도 했고, 방귀와 발음이 비슷한 '반고'라는 특이한 이름이 있다는 것도 알았고, 나무로 만들지 못하는 게 없다는 것도 알았다. 눈꺼풀을 깜빡일 때마다 장면이 하나씩 지나갔다. 그 순간 머릿속에 궁금한 게 몇 가지 떠올랐다.

'반고 할아버지가 정말로 신은 아닐까?'

'도대체 반고 할아버지가 만드는 둥근 공은 무엇일까?'

'그런데 왜 반고 할아버지 주변에는 회색 옷을 입은 사람들이 보이지 않을까?'

하루를 돌아보고 돌아봐도 궁금증은 쉽게 풀리지 않았다. 몸이 나른해지자 모링은 맥없이 잠들었다.

04
모링의 비밀

키엘은 다시 도서관에 나가게 되었다. 키엘은 모링과 함께 다니려고 했지만, 모링은 그러고 싶지 않았다. 도서관에 가서 책을 읽는 건 좋지만, 엄마가 일하는 곳까지 따라가서 책을 읽고 싶지는 않았다. 이제 더는 자신이 엄마만 졸졸 따라다니는 어린애가 아니란 걸 엄마도 알아야 한다고 생각했다. 그리고 무엇보다 반고 할아버지와 시간을 보내고 싶었다. 모링에겐 지금, 책보다 반고 할아버지가 더 궁금했다.

'반고 할아버지가 정말로 신은 아닐까?'

'반고 할아버지가 만드는 둥근 나무 공은 무엇일까?'

'왜 반고 할아버지 주변에는 회색 옷을 입은 사람들이 보이지 않을까?'

계속해서 머리에 맴도는 질문에 대한 답을 얻고 싶었다.

도서관에 함께 가는 것을 모링이 좋아할 거라는 예상이 빗나가자 키엘은 난감했다. 친척에게도 아이를 맡기는 건 어려운 일인데, 이웃집 할아버지께 부탁을 드려야 하니 난처했다. 그렇다고 키엘에게 뾰족한 방법이 있는 것도 아니었다. 키엘은 반고 할아버지를 찾아가 조심스레 부탁을 드렸다.

"내가 모링을 돌보는 게 아니고, 모링이 늙은이의 말벗이 되어 주는 거지요."

반고 할아버지가 너무도 흔쾌히 허락해 주셔서 키엘은 홀가분하게 출근할 수 있었다. 그날부터 모링은 엄마가 출근하면 사과 가방을 메고 반고 할아버지 댁으로 갔다. 처음 할아버지 댁에 온 날과 마찬가지로 모링은 이곳저곳을 돌아다니며 구경했다. 모링이 무엇을 하든 반고 할아버지는 묵묵히 하던 일을 계속했다. 그렇게 자연스럽게 한 공간에 머무르며 서로의 숨소리에 익숙해져 갔다. 모링은 할아버지의 숨소리를 들으며 평온함을 느꼈다.

모링은 할아버지 댁에 올 때마다 하루에 한 군데씩 구경을 했다. 며칠이 지나자 거의 모든 곳을 구경했지만, 한 곳만은 들어가지 못했다. 그 방은 계속해서 문이 잠겨 있었다. 자유롭게 다니는 것을 허락하시는 반고 할아버지조차도 잠그는 방인 걸 보면 뭔가 대단한 게 숨겨져 있거나, 남에게 보이고 싶지 않은 비밀을 간직한 방이라는 생각이 들었다. 혹시나 오늘은 열려 있을까? 매일매일 가장 먼저 손잡이를 돌려 보는 방이지만 지금까지 한 번도 구경을 할 수는 없었다. 할아버지가 경계하실까 봐 내색하지는 않았지만 모링은 여전히 반고 할아버지가 신일지도 모른다고 생각했다.

항상 그렇듯 모링은 할아버지 집 안에서 혼자 놀다가 할아버지의 작업실로 왔다. 할아버지가 첫날에 사포로 다듬고 있던 나무가 이제는 어엿한 사과의 모습을 하고 있었다. 할아버지는 정성스럽게 니스를 칠하고 있었다.

모링은 그것을 보자마자 그것이 무엇인지 알아차렸다.

"사과예요?"

"사과 같니?"

"그럼요!"

"다행이군!"

니스를 다 칠한 후 할아버지는 조심스럽게 선반 위에 올려놓았다. 나무 사과는 진짜 먹음직스러워 보였다.

"이렇게 하루를 두면 더 완벽한 사과가 되겠지."

"내일이면 이제 그 친구 분께 드릴 수 있겠네요."

"그렇겠구나!"

모링은 선반 위의 나무 사과를 갖고 싶은 듯 뚫어지게 쳐다봤다.

"갖고 싶니?"

"아니에요, 사과는 저도 갖고 있어요."

모링은 자신의 가방을 가리켰다.

"여기엔 세상 무엇과도 바꿀 수 없는 아주 소중한 것이 들어 있어요."

"보물이라도 들어 있는 거니?"

"네, 저에게는 보물과 같아요."

모링의 대답은 단호했다.

"비싼 거니?"

할아버지가 물었다.

"신문이에요. 아빠와 제가 네팔로 여행을 간 적이 있어요. 아빠가 숙소에 저를 혼자 두고 다음 날 하이킹할 코스를 알아보려 사람을 만나러 나가셨거든요. 숙소엔 텔레비전도 없고 해서 제가 심심해할까 봐 신문을 보고 있으라고 주고 나가셨어요. 그 신문이에요."

"난 뭐 대단히 비싼 거라도 들어 있는 줄 알았네."

"저에겐 아무리 많은 돈을 준다고 해도 바꿀 수 없는 귀중한 거예요."

모링은 벌이 침을 쏘는 것처럼 말했다. 그리고 나서 사과 가방을 열어 신문을 꺼냈다.

"이 신문에 뭐가 있는지 알려 드릴까요? 해외 매체에서 인류의 지난 1000년을 만든 위인 100명을 선정했는데요. 뉴턴이 1위를 차지했다는 기사가 있어요."

"뉴턴?"

"네, 저는 뉴턴을 정말 좋아하거든요. 이 가방도 제가 뉴턴을 좋아하는 것을 안 스노버 선생님이 선물로 주신 거예요."

모링은 이제 할아버지와는 좀 더 깊은 이야기를 해도 되지 않을까 생각했다.

"제가 좋아하던 뉴턴의 기사를 본 날에 전혀 예상하지 못한 일이 벌어졌어요. 지진이 났거든요. 그날 이후 아빠를 다시 볼 수 없게 되었어요."

무덤덤하게 말하는 듯해도 모링의 눈빛은 심하게 흔들렸다.

"그런 일이 있었구나. 힘들면 더 말하지 않아도 된다, 모링."

잠깐 뜸을 들이다 모링은 계속해서 말을 이어 갔다.

"사람들은 저에게 속고 있어요."

모링의 뜬금없는 고백이 이어졌다.

"어어…… 어?"

할아버지는 모링의 갑작스러운 말에 하던 일을 멈췄다.

"엄마와 스노버 선생님은 제가 아버지를 잊지 못해서 신문을 갖고 다닌다고 하시죠. 제가 아버지가 돌아가신 날의 신문이라 들고 다니는 줄 알아요. 그럴 때마다 아니라고 말하고 싶지만 못된 아이가 될까 봐 그렇게 하지 못했어요. 할아버지께는 말씀드리려고요. 저는 아버지 때문이 아니라 제가 존경하는 뉴턴에 대한 영광스러운 기사가 나와서 갖고 다니는 거예요."

할아버지는 모링을 바라봤다. 모링이 속이는 건 다른 사람들이 아니라 모링 자신임을 받고 할아버지는 잘 알 수 있었다. 그리고 모링과 키엘을 처음 만난 날에 이들 모자에게서 느껴지던 알 수 없는 슬픔과 어두움의 근원을 이제야 조금 이해할 수 있었다. 하지만 내색하지 않고 말을 이어 갔다.

"아무리 좋아해도 그렇게 매일 들고 다니기 쉽지 않을 텐데 말야. 정말 좋아하나 보네! 그런데 그런 비밀스러운 속마음을 나한테 알려 줘도 되는 거야?"

"괜찮을 것 같아요."

"하하하. 이 늙은이가 뭔가 대단한 인정을 받은 느낌이군! 동네 친구가 마음속 비밀을 나에게 알려 주었으니 나도 비밀을 하나 말해야겠지?"

모링은 드디어 반고 할아버지가 당신이 진짜로 신이었음을 말해 주실려나 생각했다.

할아버지는 선반 위의 나무 사과를 모링에게 건네주며 말했다.

"비밀은 말야. 내가 새로 사귄 친구, 그러니까 이 사과의 주인이 바로 너라는 거지."

생각하던 것과는 전혀 다른 대답에 모링은 놀랐다.

"엥? 네? 진짜요? 왜요?"

모링은 놀라면서도 나무 사과를 갖고 싶어한 자신의 맘을 아는 반고 할아버지는 정말로 신이 확실할 거라 생각했다. 깜짝 선물에 기분이 좋아졌다. 사과를 들여다보며 모링은 감탄했다. 자신이 이걸 왜 받아야 하는지는 잘 몰라도 할아버지의 마음이 바뀌기 전에 일단 감사하다는 말을 먼저 해야겠다는 생각이 들었다.

"할아버지, 진짜 사과 같아요. 감사해요!"

사실 반고 할아버지는 모링을 돌보게 되면서 키엘에게 모링이 좋아하는 것을 물어봤다. 키엘은 모링이 좋아하는 음식이나 놀이와 더불어 모링이 항상 들고 다니는 사과 가방이 모링에게 어떤 의미를 지니는지도 알려 주었다. 그 이야기를 듣고 반고 할아버지는 모링과 좀 더 친해지기 위해 사과를 만들기 시작했다.

"니스가 더 바짝 마르면 훨씬 괜찮아질 거야. 다 마르면 주려고 했지만 이 정도 말랐으면 뭐 괜찮겠다 싶구나. 뭐든 갖고 싶은 게 있으면 말하렴. 난 나무로 모든 것을 만들 수 있단다."

"그럼, 현관 앞의 공예품들도 모두 할아버지가 만드신 거예요?"

"그럼, 물론이지."

반고 할아버지는 뭔가를 또 만들기 위해 준비를 하셨다. 나무 냄새를 맡으며 모링은 그 옆에서 사과를 한참 들여다보았다. 사과까지 받자 할아버지에게는 좀 더 마음의 문을 열어도 되겠다고 생각했다. 모링은 하나 더 묻고 싶었다.

'왜 할아버지 주변에는 회색 옷을 입은 사람들이 없을까요?'

하지만 그 질문을 하기 위해서는 먼저 자신이 귀신을 보는 아이라는 것을 반고 할아버지께 알려 드려야 했다. 할아버지라면 귀신을 보는 자신을 이해해 주실 수 있을 것 같기도 하지만, 다른 사람들처럼 자신을 멀리하지 않을까 걱정도 되어 차마 선뜻 물어볼 수 없었다.

"할아버지."

"그래, 모링."

"할아버지."

"이 녀석, 왜 자꾸 불러."

반고 할아버지는 작업을 하면서 모링의 질문에 답을 했다.

"할아버지는 귀신을 본 적이 있어요?"

모링은 어렵게 물었다.

"그럼, 귀신 안 본 사람이 어디 있나? 나도 곧 죽어 귀신이 될 건데."

많은 고민 끝에 드린 질문에 할아버지는 너무나 아무렇지도 않게 대답하셨다. 할아버지는 귀신에 대해 크게 신경 쓰지 않는 사람 같았다.

"진짜요? 할아버지도 귀신을 봤어요?"

"그렇다니까."

"할아버지가 본 귀신은 어떻게 생겼어요?"

"내가 본 귀신은 아주 무섭게 생겼어. 입술은 빨갛고 검은 옷을 입었지."

"제가 보는 귀신과는 다르군요."

새로운 작업에 들어가기 위해 나무를 고르던 반고 할아버지는 그냥 아이가 상상 속의 이야기를 하는 거라 생각하고 대수롭지 않게 대화를 이어 갔다.

"네가 본 귀신은 어떤데?"

"제가 본 귀신은 그냥 평범해요. 우리랑 같은 사람 모습을 했는데, 모두 같은 옷을 입고 있을 뿐이죠."

"밤에 혼자 잘 때 무서워서 보이는 건 아닐까? 나도 가끔 밤에

밖에 비치는 나무의 그림자가 귀신처럼 보일 때가 있거든."

"아뇨, 낮에도 보여요. 그리고 혼자 있을 땐 안 보이다가 다른 사람이 있을 때 보여요."

"지금도?"

"아뇨, 그게 정말 이상한데요. 그래서 정말 궁금했어요. 늘 제게 보이던 귀신이 할아버지하고 있을 때는 안 보여요."

"그래?"

처음엔 대수롭지 않은 듯 눈도 마주치지 않고 대화를 나누던 할아버지는 하던 일을 멈추고 모링의 이야기에 진지한 관심을 보이기 시작했다.

"귀신은 어떤 옷을 입고 있어?"

"모두 같은 옷이에요. 회색 옷이요. 같은 옷을 입고 끊임없이 물건을 옮기고 있죠. 제가 눈 뜨고 있는 한 잠시도 쉬는 걸 못 봤어요."

"회색 옷을 입은 귀신이라…… 그런데 내 주위에는 보이지 않는다는 거군."

반고 할아버지는 무척 놀란 듯했고, 눈빛도 흔들렸다. 나무를 고르던 일을 멈추고 자리에서 일어섰다. 모링은 할아버지라고 해도 쉽게 받아들일 수 있는 일은 아니라는 생각이 들었다.

"재미있는 일이 벌어졌어."

할아버지는 혼잣말을 했다. 모링은 그 말에 발끈했다.

"재미있다고요? 전 매우 심각해요. 할아버지도 역시 진지하지 않으시군요. 스노버 선생님을 비롯한 모든 어른들은 제 말을 처음 들었을 때 다들 할아버지와 같은 반응이었어요. 어린애의 상상에서 나온 착각이라고 말이죠."

모링은 자신이 아주 어렵게 꺼낸 말을 재밌다고 가볍게 생각하는 할아버지에게 화가 났다. 반고 할아버지는 갑자기 까칠하게 변한 모링의 모습에 당황했지만, 아이의 흥분을 가라앉히기 위해 차분하게 말했다.

"모링, 난 지금 매우 진지하단다. 재미있는 일이란 표현이 거슬렸다면 사과하마."

"네팔에 다녀오고부터 회색 옷을 입은 사람들이 보인다고 하니까 다들 제가 귀신을 본다고 하면서 쑥덕거렸어요. 친한 친구들도 점점 제 곁을 떠났고요."

모링은 다소 격앙된 목소리로 말을 이어 갔다.

"하지만 전 괜찮아요. 저만 정상이면 되는 거 아니에요? 그런데 엄마는 아니었죠. 엄마는 사람들의 시선을 너무 신경 쓰고, 제가 상처라도 받을까 전전긍긍하셨죠. 전 상처 따위는 받지 않아요. 심지어 병원에도 데려가셨죠. 돌팔이 의사 스노버도 그래서 만났어요. 돌팔이. 나보다 엄마한테 관심이 더 많은 돌팔이."

자신만 모를 뿐 모링의 모습은 누가 봐도 상처를 받은 아이의 모습이었다.

예민한 모링을 보자 할아버지는 일단 모링을 달래야겠다고 생각했다. 다시 자리에 앉아 모링에게 얘기를 시작했다.

"네가 아직 어려서 모르는 것 같은데, 사람들은 뛰어난 능력을 가진 사람들을 별로 좋아하지 않아. 사람들이 너를 떠난 건 귀신을 보기 때문이라기보다 너한테 자신들에게 없는 능력이 하나 더 있다는 게 싫었기 때문이란다."

"이게 뛰어난 능력이에요?"

"귀신을 보는 게 흔한 일은 아니잖아? 넌 어느 순간 초능력이 생긴 거야."

반고 할아버지의 말은 모링에겐 새로운 관점의 이야기였다.

"그 귀신들이 너를 위협하니?"

모링은 할아버지는 자신에게 어째서 귀신이 보이는지 알고 계실지 모른다는 생각에 자신이 겪는 상황을 구체적으로 말씀드렸다.

"아니요, 그 사람들은 제게 관심이 없는 것 같아요. 무심한 표정으로 물건만 옮기는데, 바보같이 한자리에서 물건을 들었다 놨다 하는 경우가 더 많아요."

"그렇군."

모링은 입을 열어 마침내 머릿속을 맴돌던 질문을 했다.

"그런데 사람 주변에 있는 귀신들이 왜 할아버지 곁에는 없는 걸까요?"

"그러게 왜 내 주변엔 없을까? 내가 신도 아닌데……. 내 주변엔 늙은이 냄새가 나서 귀신도 싫어하는 건가?"

모링은 아직도 할아버지가 자신의 이야기를 진지하게 들어 주시는 건지 아니면 장난하시는 건지 확신이 들지 않았다. 그래도 다른 사람들에게 말하기 어려운 것들을 이렇게 술술 할아버지에게 말하고 있다는 사실에 놀랐다. 할아버지는 자신의 추측대로 신이 분명하며, 자신에게 비밀을 털어놓게 하는 마법을 걸었을지 모른다고 생각했다. 무엇보다 할아버지를 신으로 확신한 건 자신에게 보이는 귀신들이 할아버지 근처에는 없기 때문이었다.

"할아버지는 제가 귀신을 보는 아이라도 괜찮으세요?"

모링은 자신의 상태를 솔직하게 이야기하고도 반고 할아버지가 자신의 친구가 되어 주실 수 있는지 알고 싶었다. 자신이 귀신을 본다는 사실을 말씀드리기 전까지는 자신을 감추고 할아버지와 지내는 것 같았기 때문이다.

마지막 질문에 대한 할아버지의 대답을 기다리고 있는데, 갑자기 키엘이 나타났다. 늘 오던 시간보다는 이른 시간이었다.

"모링, 엄마 왔어. 놀랐지?"

두 사람은 대화에 몰입하고 있었기 때문에 크게 놀라지 않았다. 두 사람은 기분이 좋아 보이는 키엘을 아무 말 없이 바라봤다. 모링과 할아버지는 서로를 바라보며 눈으로 대화를 마쳤다.

"할아버지, 저 내일은 휴가예요." 키엘이 말했다.

"아주 오랜만에 금, 토, 일 연휴를 보내시겠군요."

"네, 도서관 근무하게 되고 첫 휴일이죠. 내일부터 사흘간은 모링

없이 편한 시간 보내세요."

키엘은 반고 할아버지를 위해 사 온 과일을 두고 모링의 손을 잡았다. 모링은 할아버지의 답변을 듣지 못한 채 엄마를 따라 집으로 향했다. 손을 흔들며 배웅하는 반고 할아버지를 뒤로하고 집으로 가는 모링의 걸음은 무거웠다.

저녁을 먹고 모링은 일찍 방으로 올라왔다. 할아버지의 대답을 듣지 못한 것이 마음에 걸렸다. 조용한 방과는 달리 모링의 마음속은 여러 생각으로 북적였다.

'할아버지는 내가 귀신을 보는 아이라고 해도 지금처럼 대해 주실까? 이제 오지 말라고 하시면 어쩌지? 아무래도 괜히 말한 것 같아.'

별별 생각이 머릿속에 가득하니 잠자리에 들기 전 늘 대화를 나누던 별들도 눈에 들어오지 않았다. 복잡한 생각에 잠도 잘 오지 않았다.

한편 모링과 키엘이 집으로 돌아가는 뒷모습을 한참 지켜보던 반고 할아버지는 작업실에 앉아 한참을 뭔가 골똘히 생각했다. 작업실을 정리하고 집 안으로 들어가 항상 잠겨 있던 방으로 갔다. 그리고 그 방문을 열었다. 잠겨 있던 방문은 평범한 침실이었다. 할아버지는 침대를 의자 삼아 앉았다.

'어떻게 된 걸까?' 한동안 앉아 있다가 허리를 숙여 침대 아래 서랍을 열었다. 거기에는 모링에게 보이는 사람들이 입고 있던 옷과 똑같은 회색 옷이 놓여 있었다. 그리고 그 옷에는 '반고'라고 적힌 이름표가 달려 있었다.

05
반고 할아버지의 고백

키엘의 휴가로 모링은 며칠간 반고 할아버지 댁에 가지 않았다. 하지만 머릿속에 도돌이표라도 있는 듯 계속 생각이 맴돌아 모처럼 엄마와 보내는 시간을 방해했다.

'할아버지는 내가 귀신을 보는 아이라도 지금처럼 대해 주실까? 이제 오지 말라고 하시면 어쩌지? 할아버지께 괜히 말한 거 같아.'

전화가 울릴 때면 반고 할아버지가 더는 자신의 집으로 오지 말라고 하는 전화가 아닐지 걱정했다. 너무 급하게 자신의 비밀을 이야기한 것 같아 후회했다. 다시는 반고 할아버지 댁에 못 갈 수도 있다는 생각에 시간이 더디 갔다. 마침내 일요일 밤이 되었다.

"엄마, 저 내일 반고 할아버지 댁에 가나요?"

"응, 그럼. 할아버지가 너를 보지 못했더니 허전하다고 하시더라. 상대방을 배려해 주시는 참으로 고마운 분이셔."

모링은 뛸듯이 기뻤다. 집으로 와도 된다는 것은 귀신을 보는 아이라도 괜찮다는 허락이라 생각했다. 자신의 상태를 솔직하게 이야기하고도 반고 할아버지와 친구가 되었다는 사실에 가슴이 벅찼다. 자신이 귀신을 본다는 사실을 말씀드리기 전까지는 거짓으로 할아버지를 대하는 것 같은 죄책감이 들었는데, 이제 더는 그러지 않아도 되었다.

"엄마, 저 이만 잘게요."

모링은 다른 날보다 빨리 잠자리에 들었다. 빨리 자면 빨리 아침이 올 것 같았다. 아침이 되었다. 키엘은 출근 준비를 하고, 모링 역시 반고 할아버지 댁에 갈 준비를 끝냈다.

"모링, 굿모닝!"

반고 할아버지의 썰렁한 아침 인사가 오늘따라 유난히 더 정겹게 들렸다.

"할아버지, 오늘 멋져요."

매일 작업복을 입고 있던 모습과 달리 반고 할아버지의 깨끗하고 점잖은 정장 차림이 모링의 눈에 들어왔다.

"할아버지, 가방에 나무 사과도 넣었어요."

집 안으로 들어서자마자 모링은 할아버지께 두둑해진 가방부터 보여 드렸다.

"그런데 오늘 어디 가세요?"

모링은 혼자 남게 될까 걱정이 됐다.

"가긴 가지. 그런데 너랑 같이 갈 거야."

"저도요? 어디로 가는데요?"

"이리 따라오렴."

반고 할아버지는 항상 잠겨 있던 방 앞으로 모링을 데려갔다.

"가는 곳이 여기예요?"

모링은 침을 꼴깍 삼켰다. 늘 잠겨 있어 궁금하던 방이었다. 아마도 저 방 안에는 뭔가 신기한 것이 들어 있으리라 생각했다. 그 방이 오늘 열리는 것이다.

"딸깍."

문이 열렸다. 반고 할아버지가 방으로 먼저 들어갔다.

"들어오렴."

"네? 네⋯⋯."

모링은 조심스럽게 방으로 들어섰다. 그런데 엄청 기대하던 것과 달리 그 방은 여느 침실과 크게 다르지 않았다. 뭔가 어마어마한 것들이 들어 있을 줄 알았는데, 평범하기만 한 방의 모습에 모링은 약간 실망했다. 반고 할아버지는 침대 위에 앉았다.

"모링, 여기 앉으렴."

모링이 침대에 앉자 낡은 침대가 삐걱거렸다.

"모링, 지난번엔 네 비밀을 나에게 말해 주었지?"

"네."

"그래서 오늘은 내 비밀을 말하려 해. 그래야 친구끼리 서로 공평

하지 않겠니?"

모링은 반고 할아버지를 봤다. 뭔가 진지한 말씀을 해 주실 것 같았다. 모링은 속으로 드디어 "할아버지는 원래 신이다"라고 말씀하시려나 보다 생각했다.

"먼저 보여 줄 게 있어."

할아버지가 침대 아래 서랍을 열어 옷 한 벌을 꺼냈다.

"모링, 이거 뭔지 알겠니?"

할아버지는 신이 확실하다는 생각이 오늘 밝혀진다는 생각에 설레던 모링은 그 옷을 보자마자 얼굴이 확 굳어 버렸다.

"어! 이 옷은?"

모링의 눈이 휘둥그레졌다.

"그래, 알겠니?"

"네, 그런데 이걸 왜 할아버지가 갖고 계세요?"

그 옷은 모링에게 매일 보이는 사람들이 입고 있는 회색 옷이었다.

"이걸 어떻게 이야기해야 할까? 주말 내내 고민을 했는데, 그래도 해야 할 것 같아 나도 용기를 냈단다."

자신이 귀신을 본다는 것을 말할 때 고민하던 것처럼 반고 할아버지도 같은 고민을 하신 것 같았다. 모링은 속으로 할아버지가 자신처럼 귀신을 본다고 해도 할아버지와 계속 같이 지낼 거라 마음먹었다.

"모링, 나는 너한테 보이는 사람들과 같은 일을 했단다."

"귀신이요?"

"응, 사람들이 귀신이라고 생각한 그 사람들."

"그럼 귀신이 아니에요?"

모링은 할아버지의 말이 무슨 말인지 혼란스러웠다.

"응, 그 사람들은 귀신이 아니란다. 그들은 사람들의 시간을 옮기는 일을 하는 님프들이야."

"시간을 옮기는 일이라고요?"

"시간은 눈에 보이지 않지. 하지만 계속 흘러가고 있어. 그들은 보이지는 않지만 사람들의 시간을 물처럼 흐르게 하는 존재들이야."

"시간은 저절로 가는 거 아니에요?"

"초침은 하루 종일 움직이면서 우리를 미래로 옮겨 준단다. 그럴 때마다 사람들이 생활하는 공간도 조금씩 그다음 미래로 이동을 하지. 그때마다 모든 물건을 함께 옮겨야 하는데, 그 일은 사람들이 인식하지 못하게 이루어지고 있어서 우리는 주변의 모든 물건들이 늘 제자리에 있다고 느끼고 있지. 시간을 옮기는 님프들은 사람이 하나의 존재로 완성되는 과정을 보이지 않는 곳에서 보조하는 사람들이야. 그들은 말과 감정이 없이 사람들의 시간을 옮기고 있어."

"무슨 말인지 모르겠어요."

"키엘과 네가 한자리에서 오랫동안 밥을 먹고 있을 때도 그 사람들은 계속 움직였지?"

"네, 그 사람들은 항상 일정한 속도로 물건을 계속 옮겼어요."

"바로 그거야."

"그 사람들이 없다고 가정하고 그 장면을 다시 생각해 볼까?"

"네."

"한자리에서 밥을 먹을 때도 시간은 흐르지?"

"네."

"그렇지만 밥을 먹기 위해 움직이는 것은 네 엄마와 너뿐이고, 옆에 있는 식탁과 가구는 그대로 제자리에 있는 것 같잖아."

"네."

"키엘과 네가 밥을 먹고 있는 공간에 있는 모든 물건들도 고스란히 그다음 시간으로 옮겨지는 거란다. 시간을 옮기는 사람들이 워낙 빨리 움직이기 때문에 우리가 느끼지 못할 뿐이지."

"아! 그래서 그 사람들은 시간이 이동할 때마다 이 세상의 모든 물건들도 함께 이동시키기 위해 늘 그렇게 같은 속도로 끊임없이 움직였다는 거예요?"

"그래."

"가끔 네가 분명히 제자리에 둔 물건을 찾을 수 없을 때가 있지 않니?"

"네, 그런 경우 많죠. 분명히 둔 것을 기억하는데, 없어진 물건이요."

"사람들은 그때 자신의 건망증과 부주의함을 탓하는데, 사실 그런 일은 시간을 옮기는 님프들의 실수로 모든 물건을 옮기지 못할 때 일어난단다."

"아! 그래요?"

뭔가 억울한 기억이 떠올랐는지 모링은 미간을 찌푸렸다.

"시간을 고스란히 옮기는 일은 드러나지 않지만 매우 중요한 일이라 그 일에 투입되기 전에 많은 연습과 훈련이 필요한데, 가끔 급하게 투입돼야 하는 경우에는 숙련되지 않은 님프들이 들어가기도 해. 그때 사고가 생기면 그 실수를 고스란히 시간의 주인인 사람이 책임지게 된단다. 그러다 보니 초보 님프들은 어린아이나 노인들에게 많이 배정되지."

"덤벙댄다고 생각하거나 기억을 깜박하는 사람들은 어쩌면 실수를 많이 하는 님프들이 시간을 옮기고 있어서 그런 거일 수 있다는 거네요?"

"안타깝지만 그렇지."

"맙소사, 그게 사실이라면 억울한 사람들이 많겠어요. 그런데 어떻게 정체를 들키지 않을 수 있죠? 세상에는 예민한 사람도 많을 텐데요."

"그게 우리가 반드시 지켜야 할 규칙이니까. 그럼에도 로드 셜링이 어렸을 적에 들킨 적은 있어."

"로드 셜링이요?"

"우리의 모습을 본 최초의 사람인데, 커서 각본 작가가 되었지. 셜링은 작가가 돼서 우리 이야기를 텔레비전에서 밝혔어. 〈환상특급〉

이라는 드라마에서 말야. 완벽하게 일치하지는 않아도 짐을 옮기는 우리들의 모습을 거의 흡사하게 묘사했지. 그때 우리는 총비상이 걸렸어. 아주 끔찍했지. 비교적 최근의 일이지만 말야."

"최근이요?"

"그게 1980년대니까. 아주 최근이지."

"어떻게 1980년대가 최근이에요? 그때 저는 태어나지도 않았는데요."

"나처럼 몇천 년의 시간을 옮긴 사람에겐 아주 최근이라 할 수 있어."

"그렇기도 하겠네요. 그래서 어떻게 되었어요?"

"재밌게도 사람들은 그것을 그저 환상 속의 이야기라고 생각했어. 있을 수도 있는 가짜 이야기말야. 우려하던 것과 달리 우리의 세계를 위협받는 일은 전혀 일어나지 않았어. 혹시 궁금하면 모링도 한번 찾아봐. 입은 옷의 색은 달라도 많이 비슷할 거야."

"시간 이동 님프들 입장에서는 큰 고비가 지나간 거군요. 그런데 도대체 시간 이동 님프는 어떻게 되는 거죠?"

"원래 시간 이동 님프들은 모든 사람들의 시간을 지배하고 싶은 욕망에서 신들이 만든 요정이었어. 요정들은 영원한 생명을 갖고 있어 죽지 않지. 그런데 사람이 점점 더 많아져서 단지 순수하게 신들이 만든 요정만으로 모든 사람들의 시간을 이동할 수는 없었어. 그러다 보니 죽은 사람 중에 시간 이동 님프가 되는 경우도 생겼지.

그 일에 적합한 자들을 모아 훈련을 통해 감정을 추출한 후 서약을 받는 거야. 사람처럼 보이지만 사람은 아니야. 감정이 없는 로봇에 가깝지. 대신 서약을 제출하고 시간 이동 님프가 되는 순간 그들은 요정과 같은 영생을 갖게 된단다."

"사람의 모습을 한 로봇과 같군요."

"맞아, 그 일은 자신을 드러내는 역할이 아니잖아. 화려한 일은 아니지만 꾸준하고 정확하게 진행되지 않으면 사람이 죽고 말기에 매우 중요한 일이지. 그러니 아무한테나 함부로 그 역할을 맡기지는 않아."

"그럼 할아버지는 원래부터 시간 이동 님프이셨나요? 아니면 사람이었다가 지원하셨나요?"

"난 사람이었어. 감정을 추출하고 시간 이동 님프로 지원했어. 그런데 내 경우엔 감정이 완전히 추출되지 않고 남아 있던 거 같아. 남아 있는 감정이 다른 이의 시간을 옮기는 데 자꾸 개입하려 해서 문제가 되었단다. 그것은 알로곤 서약을 어기는 일이거든."

"알로곤 서약이요?"

"음…… 감정을 추출하고 시간 이동 님프가 될 때 하는 서약을 알로곤 서약이라고 불러. 그것은 어떠한 경우에도 다른 이의 시간을 옮길 때 감정을 개입해서는 안 된다는 거야. 감정을 추출한다고 해도 완벽하지 않을 수 있기에 서약을 받는 거지. 만약 서약을 어기면 시간 이동 님프의 역할은 박탈되고, 프로메테우스처럼 엄청난 고통의 벌을 받게 되지. 행복한 시간을 옮길 때는 상관없지만, 그대로 옮기면 그 사람이 불행하게 된다는 것을 뻔히 알 때는 마음이 약해져서 자꾸 개입을 하고 싶어질 때가 있어."

"그렇군요. 그래서 할아버지는 알로곤 서약을 어기셨나요?"

"아니, 난 서약을 어기지는 않았어. 하지만 불행하게 될 줄 알면서도 그대로 시간을 옮길 때 오는 고통이나 서약을 어겨서 받는 고통이나 크게 다르지 않다는 생각을 늘 했지. 그래서 다시 한번 나의 선택을 바꾼 거란다."

"선택을 바꿀 수도 있는 건가요?"

"세상을 떠들썩하게 하는 천재들의 시간을 옮기는 일을 일곱 번 하면 다시 한번 자신의 존재를 바꿀 수 있는 기회를 갖게 되지."

"세상을 떠들썩하게 하는 천재들이요? 그럼, 할아버지는 천재들의 시간을 옮기신 거예요?"

"그래, 맞아. 알로곤 서약 후에도 나에게 남아 있던 감정 중에는 도전 정신이 있었어. 그래서 시간 이동 님프가 돼서도 도전적인 일에 지원하게 되더군. 이 일도 나름 전공이 있는데, 모두는 아니지만 나는 주로 수학과 관련된 천재들의 시간을 옮겼어. 가장 까다로운 대상들이었지."

모링에겐 이 모든 이야기가 너무도 신기하고 가슴 벅찼다.

"지금까지 내가 한 이야기가 이해가 되니?"

"완벽하게 이해한다고 말씀드릴 수는 없지만 어떤 상황인지는 알 수 있어요."

"어찌 되었건 난 알로곤 서약을 거두어들이고 감정을 다시 심어 사람으로 살게 되었단다. 감정 없는 영원한 생명을 반납하는 대신에 감정을 가진 지금의 모습을 선택한 거야."

할아버지는 어린아이가 감당하기 어려운 사실을 이야기해 주는 것이 걱정스러웠는지 숨을 한차례 고르셨다.

"며칠 전에 네가 나에게 물었잖아? 귀신을 보는 너도 괜찮냐고. 오늘 이 이야기는 그것에 대한 답이란다. 답이 충분히 되었니?"

"그럼요, 할아버지. 제가 본 것이 귀신이 아니라는 사실을 엄마에게 빨리 말씀드리고 싶어요. 그런데 엄마에겐 시간 이동 님프들이 보이지 않으셔서 제 말을 믿으실지 모르겠어요. 왜 제 눈에만 보이는 거죠?"

"시간 이동 님프들의 세계도 많은 변화를 거쳤어. 별의 움직임으로 시간을 읽는 시대에서 아날로그 시계로 시간을 읽는 시대로 옮겨 가면서 님프들은 좀 더 편리하게 시간을 관리하게 되었지. 시계의 발명은 사람들이 시간을 관리하는 것을 편리하게 만들었을뿐더러, 님프들이 얼마의 빠르기로 꾸준하게 이동해야 하는지에 대한 계산도 가능하게 했지. 디지털 시계로 바뀌고 나서는 님프들의 일도 컴퓨터로 관리하게 되었단다."

"우리의 눈에 보이지 않는 세계도 우리가 사는 세계와 함께 계속 발전을 하는군요."

"그래, 맞아. 확신할 수는 없지만 시간 이동 님프의 디지털 센터에서 컴퓨터로 제어하는 과정에서 너한테 오류가 생긴 것 같아. 원래 살아 있는 사람들에겐 님프들이 보이지 않는 게 기본 모드야. 하지만 사람이 죽고 나면 님프의 모습이 보이든 보이지 않든 중요하지 않기 때문에 그 모드가 해지되지. 아마 지진으로 네가 죽었다고 접수되면서 착오가 생긴 것 같아."

"오디오의 음소거 버튼을 누르면 소리가 나오지 않듯 시간 이동 님프들이 사람들 눈에 보이지 않도록 하는 버튼이 있는 셈이군요. 그런데 그게 작동이 안 된 거란 말씀이시죠?"

"그렇지, 그때 내가 센터 총관리를 맡고 있었어. 알아보니 네 아버지가 돌아가신 날이 내가 님프로 근무한 마지막 날이더구나. 꼼꼼하게 마무리한 후 인계했다고 생각했는데 이런 실수가 있었던 것 같아."

"그래서 제가 아버지가 돌아가신 날부터 그 사람들이 보이기 시작한 거군요."

"응, 모링. 내가 저지른 실수는 아니지만, 내가 센터를 관리할 때 일어난 일이었으니 내 책임도 있다고 생각해."

"그러면 할아버지는 저를 처음부터 알고 있었나요?"

"그건 아니야. 난 내가 완벽하게 업무를 끝냈다고 알고 있었거든. 너의 안타까운 사연을 알려 준 건 아직도 알로곤 서약을 하고 시간 이동 님프를 하는 내 옛 동료야. 감정이 완전히 추출되지 않아 연민이라는 감정이 남아 있는 친구인데, 바로 키엘의 시간을 옮기는 일을 하고 있어. 어쩌면 네가 봤을 수도 있고. 그 친구는 어린 너에게 일어난 안타까운 일이 우리들의 실수 때문이었음을 알고 괴로워했어. 그래서 알로곤 서약을 어기지 않는 범위에서 내 집 근처로 이사를 오도록 노력은 했다고 하더구나."

"그렇군요."

"지난주에 너와 이야기를 하다가 네가 시간 이동 님프를 본다는 것을 알게 되었어. 그때 나름 내색을 하지 않는다고는 했지만 나도 많이 당황스러웠어. 재미있는 일이 벌어졌다고 한 말 기억하니?"

"네, 그때 제가 화를 냈지요."

"충분히 그럴 수 있지. 키엘이 퇴근해서 자네를 데리러 왔을 때 그 옆에서 시간을 옮기던 내 옛 동료가 내 표정을 보고 짐작을 했지. 모링 네가 시간 이동 님프를 본다는 사실을 나도 알게 된 걸 말야. 그날 밤 왜 너와 키엘이 여기로 이사를 오게 되었는지 자초지종을 모두 말해 주었단다."

"영화 같아요."

모링은 더 길게 할 말이 없었다.

"그럼 님프였다가 사람으로 돌아온 할아버지는 그 님프들이 보이는 건가요?"

"계속 보이진 않아. 하지만 그들이 필요할 때 내 앞에 나타날 수 있어. 그리고 다시 인간이 된 나에겐 님프들이 따라다니지 않게 된단다."

"그렇군요."

"모링, 네 사정을 알고 나도 무척 괴로웠어. 우리의 실수로 네가 미쳤다는 소리를 들으며 사람들과 멀어진 것 같아 정말 안타깝고 미안할 뿐이야. 과연 이 이야기를 해야 하는 게 맞을지 아닐지 밤새 도록 고민했어."

"아니에요. 그럼 전 할아버지가 말씀해 주신 대로 초능력을 얻게 된 게 맞네요."

"그래, 그런데 그 초능력을 이해해 주는 사람들이 세상에는 많지 않다 보니 너에게 적지 않은 상처를 준 것 같구나!"

반고 할아버지는 매우 정중하게 모링에게 사과했다.

"모링, 이제 내가 물을 차례인 것 같아. 이런 나도 너의 친구로 괜 찮은 거니?"

그때 키엘이 모링을 데리러 왔다. 할아버지의 중요한 질문에 모링 은 바로 대답할 수 없었다. 모링은 이 모든 이야기를 엄마에게 해 주고 자신이 본 것이 귀신이 아니라는 사실을 알리고 싶었으나 그 렇게 하지 않았다. 엄마에게는 비밀이 없어야 되겠지만 엄마에게 곧이 곧대로 이야기했다가는 어쩌면 할아버지를 곤란하게 할 수도 있겠 다는 생각이 들었다. 엄마보다 만난 지 얼마 안 된 옆집 할아버지를 먼저 생각하는 자신이 이해가 되지는 않았지만, 그저 다른 날과 같 이 일상적인 이야기만 나누며 저녁을 먹었다.

모링은 엄마에게 피곤하다고 말씀드리고 방으로 올라왔다. 그리고 반고 할아버지에 대해 더 잘 알고 싶어 〈환상특급〉 드라마를 찾아봤다. 반고 할아버지의 말과 일치하지 않은 부분도 있었지만 자신과 같은 것을 본 다른 사람이 어딘가에 있다는 것은 모링에게 큰 위안이 됐다. 오늘 한꺼번에 담기엔 너무 벅찬 사실들을 차곡차곡 머릿속에 정리하다 보니 별이 하나둘씩 밤하늘에 나타났다. 모링은 언제나 그랬듯이 별을 바라봤다. 이런 나도 너의 친구로 괜찮냐고 묻던 할아버지 얼굴이 별 사이로 떠올랐다.

'반고 할아버지도 귀신을 보는 아이라도 괜찮냐는 내 질문을 받았을 때 이런 기분이셨을까?'

모링은 밤새도록 이 생각 저 생각을 하며 뒤척였다.

06
위대한 수학자

"똑똑똑!"

"모링 다시 와 주었구나!"

반고 할아버지의 질문에 대한 고민은 하룻밤이면 충분했다. 반고 할아버지와 모링은 여러 마디 말보다 뜨거운 포옹으로 서로를 친구로 받아들였다.

모링은 책으로 둘러싸인 거실 소파에 앉았다.

"할아버지는 책을 정말 좋아하시나 봐요?"

"이 책들은 나의 지난 시간들이란다."

"지난 시간들이요?"

"님프를 그만두고 다시 사람으로 살다 보니 가끔 옛 생각이 났단다. 그럴 땐 도서관을 찾아갔어."

"도서관이요?"

"내가 시간을 옮긴 사람들을 책에서 만날 수가 있었거든."

"아! 그렇겠군요."

"과거는 역사를 기록하는 사람들이 그 과거를 어떻게 평가하느냐에 따라 달리 해석되지. 그러다 보니 내가 알고 있는 사실보다 더 과장되게 포장된 일화도 있고, 어떤 책들은 그 반대인 것도 있더구나. 그래도 읽어 보면서 내 기억과 가장 가까운 책들은 사서 집에 두고, 그 시절이 그리울 때 꺼내 보고 있단다."

반고 할아버지는 거실의 책장을 한참 들여다보다가 책을 한 권 꺼냈다. 그 책의 표지에는 '위대한 수학자'라고 쓰여 있었다.

"어! 그 책은 수학자 탈레스의 이야기가 아닌가요?"

모링은 그 책의 표지를 보자마자 놀라서 말했다.

"맞아, 모링. 어떻게 알았지?"

"어릴 적 아빠가 집에 계실 때 항상 저에게 읽어 주시던 책이에요. 제가 글을 읽지 못할 때 아빠가 여러 목소리를 섞어 가면서 재미있게 읽어 주셨죠."

"이 책을 알아보니 반갑구나! 혹시 이 책에서 기억나는 게 있니?"

"그럼요, 제가 커서 글을 읽게 되었을 땐 50번도 더 봤는걸요?"

"그렇구나. 그럼 내가 그 시절 어떤 시간을 보냈는지 모링이 나보다 더 잘 알겠는걸?"

"네?"

"탈레스는 내가 시간을 옮긴 첫 번째 사람이야."

"그러세요?"

"어떤 일화가 가장 기억에 남았지?"

"여러 가지가 있었지만 장사를 잘해서 대박 친 일화가 가장 기억 나요. 탈레스가 어느 해에 올리브 기름을 짜는 기계를 몽땅 사들였을 때 주변 사람들은 다들 탈레스를 보고 어리석다고 말했잖아요. 나중에 알고 보니 그해 올리브가 풍년이어서 사람들이 올리브 짜는 기계를 서로 사려고 했죠. 덕분에 돈을 엄청 벌었고요. 저도 어른이 되면 돈을 많이 벌고 싶거든요. 저도 탈레스처럼 머리를 잘 써서 돈을 많이 벌면 고생하시는 엄마한테 좋은 옷도 사 드리고 맛있는 것도 사 드릴 수 있으니까요."

"그렇지. 돈 많이 벌면 좋지. 그런데 내가 옆에서 본 탈레스는 그때 꼭 돈을 벌려고 그런 것만은 아니었어."

"네? 돈을 많이 벌려고 한 게 아니었다고요?"

"결과적으로 돈을 많이 벌기는 했지만, 사실 탈레스가 말하고 싶은 건 따로 있었어."

"뭐죠?"

"약간 어려울 수도 있는데……, 탈레스가 사람들에게 알리고 싶어하던 메시지는 바로 자연을 잘 관찰하면 규칙을 찾을 수 있고, 그 규칙을 찾으면 생활에 잘 써먹을 수 있다는 거였어."

"그건 당연한 거 아니에요?"

"지금에야 당연한 생각이지만 당시만 해도 사람들은 신이 모든 것을 결정한다고 생각했거든. 비를 오게 하는 것도 신이고, 홍수를 나게 하는 것도 신이라고 생각했지. 신이 우주를 마음대로 주무른다고 생각한 거야."

"아!"

"하지만 탈레스는 자연은 신이 아니라 일정 법칙을 따라 만들어졌다고 생각했어. 과학적인 방법으로 우주를 바라보는 것은 당시에는 혁신적인 생각이었지. 그러다 보니 탈레스는 숨어 있는 자연의 법칙을 찾기 위해 노력했어. 기후를 오랫동안 관찰한 끝에 어떤 기후에서 올리브가 잘 자라는지 알게 되자 예측도 할 수 있었지. 그 예측은 당연히 맞아떨어졌고."

"당시 사람들은 탈레스를 점쟁이인 줄 알았겠어요."

"그도 그럴 것이 당시에는 탈레스처럼 관찰을 하고 규칙을 찾아내려는 생각을 하는 사람들이 없었거든. 심지어 탈레스는 망원경이 없던 시절이었는데도 일식이 어떤 현상인지 알아냈고, 언제 일어날 것인지도 정확히 맞혔어. 사람들은 다 말도 안 된다고 했지만 실제로 일식은 탈레스가 예측한 그날에 일어났지. 탈레스의 명성은 약간의 과장과 함께 일파만파 퍼져 나갔어."

"어떻게 일식까지 예측할 수 있었죠?"

"별거 없어. 매일 밤 별을 관찰했지. 나도 매일 밤 탈레스의 시간을 옮기면서 별을 봤어. 지금 사는 곳에서도 별을 많이 볼 수 있지만, 나는 탈레스의 시간을 옮길 때 가장 많은 별을 본 것 같아. 그

때는 지금처럼 빛 공해도 없어서 밤하늘이 정말 아름다웠거든. 별들은 모두 자기를 봐 달라고 반짝였지. 탈레스가 별을 관찰하다가 넘어지는 것은 일도 아니었어. 나는 시간 이동 님프라서 그를 일으켜 줄 처지는 아니었지만, 탈레스는 자신이 탐구하는 것에 푹 빠져서 넘어져서 다치는 걸 대수롭지 않게 생각했지."

"사람들은 탈레스가 신의 말을 듣는 사람인 줄 알았겠어요."

"그럴 수도 있지. 가끔 위대한 사람들을 신비로운 존재인 것처럼 과장되게 말하는 경우도 있으니까. 하지만 내가 본 탈레스는 많은 것을 철저하게 관측해서 자료를 모으고, 그 자료에서 규칙을 찾아 미래를 예측하던 사람이야. 그리고 그 과정에서 들이는 노력 또한 엄청났지."

"뭐든 큰 노력 없이 쉽게 할 수 있도록 타고난 사람이 천재라고 생각하는 것과는 많이 다르군요."

"그건 너뿐 아니라 대부분 사람들도 그렇게 생각해. 하지만 내가 옮긴 모든 천재들은 그 반대였어. 정말 많은 노력을 통해 인류를 위한 큰 결과물을 만들어 냈어."

"그럼, 탈레스의 시간을 옮기면서 할아버지가 가장 기억나는 때는 언제예요?"

"당연히 그날이지."

"어떤 날이요?"

"탈레스와 피타고라스가 만난 날."

"탈레스가 피타고라스를 만났어요?"

"피타고라스는 알지?"

"피타고라스를 모르는 사람은 없을걸요? 심지어 저희 부엌에는 피타고라스의 정리를 그림으로 표현한 접시도 있다고요."

모링은 책을 통해 탈레스와 피타고라스가 어떤 사람인지 알고 있었지만, 서로 알고 있는 사이라는 것은 전혀 몰랐다. 반고 할아버지의 이야기는 모링의 흥미를 강하게 끌었다.

"탈레스와 피타고라스는 서로 아는 사이였나요?"

"처음엔 그렇게 잘 아는 사이는 아니었어. 탈레스는 존경받는 원로 학자였지만 피타고라스는 스무 살의 풋내기였거든. 그들은 아낙시만드로스와 서로 아는 사이이긴 했지. 아낙시만드로스가 탈레스의 제자였고, 그가 곧 피타고라스에게 기하학을 가르쳤거든."

"그렇군요! 그 유명한 피타고라스를 만나셨다니. 피타고라스의 스무 살 때 모습은 어땠나요? 꽃미남이었나요?"

"피타고라스는 요즘 아이돌처럼 예쁘고 날렵한 꽃미남은 아니었지만, 젊음 그 자체만으로 빛이 나던 청년이었어. 눈에서 초롱초롱한 광채가 났지. 자신이 호기심을 갖는 것에 대한 탐구도 뛰어났어. 탈레스는 젊은 청년을 보고 그가 자신이 시작한 기하학을 발전시켜 줄 인재가 될 거라는 생각을 은연중에 한 것 같아. 그러다 보니 탈레스와 한마디 하고 싶은 청년들이 넘쳐 났는데도 피타고라스는 그를 독차지할 수 있었어."

"부러워요. 과연 두 분은 어떤 말씀을 나누었을까요?"

"아직도 그날이 생생해. 해가 저무는 바닷가였지. 지중해의 노을은 정말 아름답거든. 시간을 옮기다 보니 아무것도 하지 않고 가만히 풍광을 바라볼 수는 없었지만 어떤 물감으로도 표현할 수 없던 그 노을을 지금도 기억해."

반고 할아버지의 눈빛은 신비로운 빛깔의 노을을 머금은 것 같았다.

"탈레스가 노을을 보면서 젊은 청년 피타고라스에게 준 메시지는 분명했어. 이집트로 가라는 거였지."

"이집트요? 왜요? 놀러요?"

"하하, 어떤 면에서는 그럴 수도 있겠지만 견문을 넓히고 공부를 많이 하라는 뜻이었어."

"피타고라스는 이집트로 갔어요?"

"그럼, 피타고라스는 좋은 말을 새겨듣는 귀를 가진 사람이었거든. 피타고라스는 자신이 존경하는 학자의 말을 따라 이집트로 유학을 갔어. 나중에 수학자들의 시간을 옮긴 경력이 있는 시간 이동 님프 모임에서 들었는데, 피타고라스는 무려 10년이 넘는 유학 생활을 했다고 하더라고. 유학 생활이 쉽지만은 않았지만 열심히 꾸준하게 공부했고, 나중에 자신의 고향으로 돌아가 탈레스 버금가는 학자가 되었어."

"자신을 알아봐 준 스승을 만났을 때 피타고라스는 얼마나 기뻤을까요? 저를 귀신을 보는 미치광이로 대하는 사람들과 달리 저를 있는 그대로 인정해 주는 할아버지를 만났을 때 제가 느낀 기분과 같았을 것 같아요."

"자신을 알아봐 주는 사람이 있다는 건 정말 행복한 일이지. 그게 스승이든 맘에 맞는 친구든 말야."

자신을 치료해야 할 환자처럼 대하는 스노버 선생님과 같은 사람들에게는 한없이 까칠했던 모링도 자신을 있는 그대로 인정해 주는 할아버지 앞에서는 장난기 많고 모험을 좋아하기는 해도 어른 말씀은 귀담아듣던 예전의 모습으로 돌아갔다.

"할아버지는 정말 수많은 수학자들의 시간을 옮기셨으니까 수학 공부는 저절로 되셨겠네요?"

"흐흐흠, 당황스럽구나! 꼭 그렇지만은 않아."

"하하하."

"하지만 배운 것은 있어. 수학을 더 잘하게 되지는 않았지만 그들의 사고방식은 나에게 영향을 주었지."

"어떤 영향이요?

"탈레스한테서 나는 체계적으로 생각하는 태도를 배웠어."

"생각은 그냥 떠오르는 대로 하는 게 아니에요?"

"떠오르는 대로 생각하다 보면 중요한 사항이 떠오르지 않거나 자신이 잘못 이해하고 있는 내용으로 또 다른 잘못된 생각을 할 수가 있잖아. 그래서 탈레스는 새롭게 떠오른 생각을 쉽게 인정하기에 앞서 이미 알려진 확실한 지식을 바탕으로 잘못된 부분은 없는지 논리를 따라 짚어 보며 결론을 확인했어."

"너무 피곤하게 사는 것은 아닐까요?"

"잘못된 이론이 세상에 퍼지면 더 피곤한 일들이 많이 생기지. 그런 일이 일어나지 않도록 처음부터 틀리지 않는 생각을 해 나갈 수 있는 방법을 생각한 거야. 그리고 우리는 그것을 지금 증명이라고 하는 거고."

"'네 생각이 맞는지 증명해 봐!' 할 때의 증명이 바로 탈레스로부터 시작된 거군요!"

"그렇다고 볼 수 있지. 그래서 나도 다른 건 몰라도 어떤 일의 결론을 내릴 때 탈레스라면 어떻게 했을까 하고 늘 생각했어."

반고 할아버지는 계속해서 말했다.

"당연한 것으로 여겨지거나 내가 잘 알고 있는 것에 대해서도 질문을 던지면서 더 나은 방법을 생각하려고 하는 건 수학뿐 아니라 인생을 사는 데도 꼭 필요해. 피타고라스도 탈레스에게서 자신의 생각과 행동에 대해 돌아보는 자세를 배웠지. 피타고라스가 한 말이 있는데, 들어 볼래?"

"네!"

"하루에 세 가지를 반성하기 전에는 잠들지 마라. 첫째, 규칙에 어긋나는 일을 하지 않았는가? 둘째, 어떤 일을 더 잘해 낼 수는 없었는가? 셋째, 게으름을 피우지는 않았는가?"

"네? 하하 그럼, 전 매일 잘 수 없겠는데요?"

"하하하, 사람들 대부분이 그렇겠지? 나도 마찬가지고. 세 가지를 완벽하게 해내기 어렵다 보니 자신의 하루를 돌아보는 시간을 갖는 것 자체가 더 나아지는 사람이 되는 시작이 아닐까 싶구나. 모링도 오늘부터 일기를 써 보는 건 어때?"

모링은 할아버지의 님프 시절 이야기가 재미있어 시간 가는 줄도 몰랐다. 앞으로 이런 이야기를 계속 들을 수 있을 거라 생각하니 가슴이 벅찼다. 집에 가지 않고 밤새도록 할아버지의 이야기를 듣고 싶었지만 모링은 키엘과 함께 집으로 돌아갔다.

방으로 올라온 모링은 항상 그렇듯 하루를 돌아봤다. 이전과 달라진 것은 할아버지의 조언을 받아들여 일기를 쓰기 시작했다는 것이다. 반고 할아버지의 이야기를 잘 기록해 두면 엄청난 베스트셀러가 되서 엄마와 먹고사는 데 걱정이 없을 거라는 생각이 모링을 사로잡았기 때문이다.

'탈레스보다 더 많은 돈을 벌 수 있지 않을까?'

돈을 많이 번 자신의 모습을 상상만 해도 흐뭇했다.

책꽂이에서 쓰다 만 공책을 골랐다. 앞의 몇 장을 찢어 내고 표지에 '일기장'이라고 썼다. 펜을 잡고 하루를 써내려 가기 시작했다. 그런데 머릿속으로 하루를 떠올리는 것과 그것을 글로 적는 것은 또 달랐다. 생각이 떠오르는 속도를 적는 속도가 따라 주지 않으니 답답했다. 몇 자 적다가 펜을 던졌다. 노트북에다가 기록할까 생각했지만 왠지 일기는 종이에 적어야 될 것 같아 다시 한번 호흡을 가다듬고 계속해서 써내려 갔다. 떠오르는 생각을 펜이 빨리 적지 못해 혹시나 기억이 달아날까 하는 염려에 더 간절하게 기록하게 되는 것 같았다.

아주 오랜만에 『위대한 수학자』를 본 것, 탈레스와 피타고라스의 이야기에서 인상 깊은 내용과 느낀 생각을 기록했다. 반고 할아버지의 시간 이동 님프 시절의 이야기는 재미있고 신기하기도 했지만, 여러 생각거리도 함께 던져 주었다. 수업 시간에 요점 정리라도 하듯 자신이 느낀 점을 써내려 갔다.

> 좋은 말을 새겨듣는 귀를 갖는 사람이 되자.
> 내가 잘 알고 있는 것에 대해서도 질문을 던지고 더 나은 방법을 생각해 보는 사람이 되자.
> 자신을 알아주는 사람을 만남에 감사하는 겸손함을 지닌 사람이 되자.

이해가 잘 되지 않는 말은 할아버지가 말씀해 주신 것을 그대로 떠올려 썼다. 어려운 말을 끄적이니 자신이 작가라도 된 듯 근사해 보였다. 모링은 계속해서 할아버지에게도 말하지 못한 자신의 깊은 마음속 이야기를 적어내려 갔다.

내색하지는 않았지만 『위대한 수학자』의 표지를 보는 순간, 아빠에 대한 기억이 아무런 마음의 준비 없이 떠올라 당황했다. 할아버지의 시간 이동 님프 이야기에 집중하면 아빠에 대한 기억과 슬픔을 다시 누를 수 있으리라 생각했지만 잘 되질 않았다. 조근조근 옛이야기를 해 주시는 할아버지를 계속 쳐다보고 있으니 어릴 적 자상하게 책을 읽어 주시던 아빠가 떠올랐기 때문이다.

아빠가 떠나신 후 느끼는 슬픔은 다 표현할 수가 없었다. 처음엔 실감이 나지 않았고, 실감이 난 후부터는 엄마를 힘들게 하는 것 같아서였다.

갑자기 회색 옷을 입은 사람들이 보이면서 귀신을 보는 아이라는 낙인이 찍히다 보니, 아빠에 대한 기억과 슬픔은 제대로 마주할 틈도 없이 마음속 깊은 곳에 가라앉았다. 그런데 오늘 아빠가 읽어 주시던 이야기를 다시 들으니 아빠에 대한 기억이 둥실둥실 떠오르는 것 같았다. 귀로는 할아버지의 이야기를 들었지만, 마음속에서는 슬픈 눈물이 뚝뚝 흘러내렸다.

일기를 쓰던 모링의 얼굴이 갑자기 붉어졌다. 자신도 모르게 뭔가가 울컥 올라왔기 때문이다. 저도 모르게 눈물이 주르륵 흘렀다. 혹시라도 우는 소리가 밖에 있는 엄마에게 들리지 않을까 소리를 내지 않으려 입을 꽉 막으니 콧물도 났다. 갑자기 아빠가 너무 많이 생각났다.

'내 마음이 약해진 걸까?'

스노버 선생님이 모링을 더 잘 관찰하기 위해 진료 보고서에 기록을 하셨듯, 모링도 일기를 쓰면서 자신의 마음을 더 잘 들여다보게 되는 것 같았다. 모링은 자신의 마음을 모두 들여다보게 될까 봐 겁이 나서 쓰던 일기를 부랴부랴 마무리했다. 열어서는 안 되는 것을 열었다가 들킨 사람처럼 급하게 일기장을 덮었다. 그리고 불도 껐다. 창밖의 별들은 이런 모링의 마음을 아는지 모르는지 오늘도 무심히 반짝거렸다.

07
플라스틱 오리

"모링! 벌써 준비가 다 됐어?"

반고 할아버지 댁에 갈 준비를 벌써 마친 모링을 보고 키엘은 놀랐다. 재미있는 텔레비전 프로그램을 기다리는 것처럼 모링은 다음 이야기를 듣고 싶은 마음이 가득했다. 키엘은 할아버지 댁 마당까지 모링을 데려다주고 출근을 했다. 모링은 반고 할아버지 댁 현관문을 두드렸다.

"굿모닝! 모링, 일찍 왔네."

언제나 그렇듯 반고 할아버지는 썰렁한 유머와 인자한 웃음으로 모링을 맞아 주었다. 앞치마를 두른 할아버지의 손에 밀가루가 묻어 있었다.

"할아버지 맛있는 거 만드세요?"

모링은 킁킁거리며 냄새를 맡았지만 아무런 냄새도 나지 않았다.

"요리까지는 아니고. 점심에 먹을 피자 도우를 준비하고 있었어. 자네에게 내 피자 솜씨를 보여 주지 않은 것 같아서 말야. 그런데 반죽을 어제 해 놓고 잔다는 걸 그만 잊어버렸지 뭔가. 나이가 드니 왜 자꾸 깜빡깜빡하는지."

모링은 반고 할아버지를 따라 부엌으로 들어갔다.

"제가 뭐 도와드릴 일은 없어요?"

"그럼, 여기 와서 이 병 좀 따 주겠나? 손에 밀가루가 묻은 상태라…… 병따개는 첫 번째 서랍에 있어."

반고 할아버지가 턱으로 가리킨 첫 번째 서랍을 열자 요리용 가위, 병따개, 깡통따개 등이 정갈하게 정리되어 있었다.

"병을 따 본 적이 있어?"

"에이, 저를 어떻게 보시는 거예요. 엄마 요리하실 때 많이 도와서 이런 일은 일도 아니에요!"

자신감 있는 목소리로 기름병을 따는 순간, 뚜껑이 열리며 병이 미끄러져 바닥으로 떨어졌다. 그 바람에 모링의 머리카락, 얼굴, 옷은 물론이고 부엌 바닥까지 기름 범벅이 되었다.

"그렇군."

반고 할아버지는 담담했다.

자신감 넘치던 조금 전의 모습과 달리 기름이 사방팔방에 튀기는 바람에 모링은 어찌할 바를 몰랐다.

"잠깐 그대로 있어, 모링. 내가 일단 닦아 줄게. 그리고 옷은 벗어서 빨고 목욕을 좀 해야겠구나."

반고 할아버지는 일단 급하게 반죽을 냉장고 안에 넣었다.

"이렇게 반죽을 한 후에 숙성을 시키면 맛있는 피자를 먹을 수 있지. 숙성 시간은 타이머로 맞춰 놓자."

할아버지는 타이머를 누르셨다.

"자, 이제 욕실로 가 볼까?"

머리카락과 얼굴, 옷에 묻은 기름을 간단히 닦아 냈지만 계속 이러고 있을 수만은 없었다. 그렇다고 반고 할아버지 앞에서 옷을 벗기는 조금 부끄러웠다.

"저 혼자 할 수 있어요."

"응, 그래. 그런데 너희 집이 아니니 내가 일단 물을 받아 주고 목욕 준비도 해 주마."

할아버지는 욕조에 따뜻한 물을 받기 시작했다. 모링은 기름 떡칠이 된 옷을 벗었다.

"다 됐다! 샴푸는 여기 있다. 필요한 거 있으면 말하고."

"네, 번거롭게 해 드려서 죄송해요."

모링은 먼저 머리부터 감았다. 기름이 묻어 머릿결이 더 좋아진 느낌이었다. 샴푸로 거품을 내고 샤워기로 씻으려 하는데, 샤워기가 집과 달라 어떻게 물을 틀어야 하는지 난감했다. 안 되겠다 싶어 그냥 욕조에 받아 놓은 물을 바가지로 퍼서 머리를 헹구었다. 그리고 물속에 몸을 담갔다. 모링이 욕조에 들어가자 물이 넘쳤다.

"이게 무슨 꼴이람."

열네 살 체면이 말이 아니었다. 모링은 호언장담하고 기름병을 열던 좀 전의 상황이 자꾸 떠올라 부끄러웠다. 더운 물에 몸을 담그니 얼굴이 더 화끈 달아올랐다. 최근에는 가벼운 샤워만 했지 욕조 속에 온몸을 담근 것은 오랜만이었다. 몸이 노곤해지는 게 나쁘지는 않았다.

"모링, 뭐 도와줄 건 없니?"

욕실 밖에서 반고 할아버지의 목소리가 들렸다.

"아뇨, 저 혼자 할 수 있어요."

모링은 욕조에서 나와 온몸에 비누를 칠한 후 물로 씻어 내며 목욕을 마무리했다.

"옷은 세탁기에 돌렸어. 날씨가 좋아 금방 마를 거야."

옷을 빨았다면 당장 욕실을 나갈 때는 무엇을 입어야 하는지 몰라 모링은 당황했다.

"모링, 나올 때는 오른쪽에 걸려 있는 목욕 가운을 입으렴."

"네."

모링은 자신의 마음을 읽는 할아버지는 신이 확실하다고 생각했다. 목욕을 마치고 하얀 가운을 입었다. 할아버지에게는 무릎까지 오는 가운이지만 모링이 입으니 발목까지 가려졌다. 모링은 만족했다.

"우유 좀 마셔. 목욕하면 갈증 날 텐데."

"감사합니다."

시원한 우유를 마시니 한결 나았다. 우유 컵도 혹시 놓칠까 봐 두 손으로 꽉 잡았다.

"죄송해요. 기름 닦느라 힘드셨죠."

"기름이 묻은 바닥을 닦는 것은 높은 난이도의 일이긴 하지. 그래도 괜찮아, 모링."

할아버지의 말씀은 괜찮다는 건지 아니라는 건지 해석이 잘 되지 않았다.

"목욕을 하고 나니 얼굴이 훨씬 더 잘생겨 보이네."

더워서 볼이 발갛게 된 모링을 보고 할아버지가 말했다.

"더우면 물기가 마를 때까지 가운을 벗고 있어도 돼."

"아니에요, 아니에요."

모링은 부끄럽다는 생각에 어색한 표정을 지었다.

"뭘 그리 부끄러워 해. 옛날 그리스 사람들은 사람의 신체가 가장 아름답다고 생각했지. 그래서 옷을 입지 않고 다니는 경우도 있었어."

"에이, 설마요."

"올림픽에 출전하는 선수들도 나체로 경기를 했어. 지중해는 기온이 높거든."

"그런데 여기는 그리스가 아니잖아요. 입고 있을래요."

모링은 목욕 가운을 더 단단히 맸다.

"내가 시간을 옮긴 천재 중에도 목욕하다가 옷을 입지 않고 뛰어나간 사람이 있어."

"목욕하다가 뛰어나갔다면…… 혹시 아르키메데스요?"

"잘 아는구나!"

어릴 적 수학 이야기를 많이 해 주신 아빠 덕분에 모링은 아는 척을 할 수 있었다.

"그럼요! 목욕하다가 옷을 벗고 뛰어나가는 것은 흔치 않은 일이잖아요."

"그건 그렇지."

"지난번 살던 곳에는 유레카 수학학원도 있었어요."

"하하, 아르키메데스가 자신의 말을 딴 학원이 있다는 걸 알면 어떤 생각을 할까?"

"할아버지가 아르키메데스의 시간도 옮기신 거예요?"

"그렇다네."

"대단하세요. 아르키메데스는 만들지 못하는 게 없었다고 배운 것 같아요."

"그렇지. 우주를 모래로 가득 채우려면 얼마나 많은 모래 알갱이가 필요할지 계산도 시도했고, 천체의 운동을 체계적으로 보여 주는 오레리라는 기구도 설계했지. 햇빛을 반사시켜 로마 함대에 불을 내도록 하는 무기도 생각해 냈지. 물 펌프도 만들었고. 오늘날에 태어났으면 노벨상을 타고도 남을 사람이지."

"다방면에 재주가 많은 천재들의 시간을 옮기다 보면 정말 예측할 수 없을 때가 많을 것 같아요. 아르키메데스의 시간을 옮기면서 가장 곤란했을 때는 언제였어요?"

"바로 그때!"

"옷을 입지 않고 뛰어나갈 때요?"

"아니, 그것보다는 아르키메데스가 목욕을 하고 있을 때가 더 곤란했지."

"목욕할 때는 옷을 벗고 있어도 되잖아요."

"옷이 문제가 아니라 더 어려운 문제가 나를 곤란하게 만들었어."

"그게 뭐죠?"

"아르키메데스가 목욕하는 동안에 욕조 안의 물을 얼마나 옮겨야 할지는 나에게 정말 어려운 문제였어."

"그냥 대충 물의 양을 옮기면 되는 거 아니에요?"

"천재들의 시간을 옮기는 게 왜 힘든 일인 줄 알아? 일반 사람들과 달리 천재들은 아주 작은 변화에도 민감하게 반응하거든. 사실 처음에 담긴 욕조의 물은 우리가 치밀하게 그 양을 기억하고 있었어. 그런데 아르키메데스가 탕에 들어가는 순간 넘치게 되리라는 것을 놓쳤던 거야."

"그다음 시간으로 시간을 옮기려면 넘친 물은 빼고 옮겨야 되는데, 그 양을 가늠할 수가 없었지. 잠깐 머뭇거리다가 네가 말한 대로 물의 양을 대충 어림잡아 옮겼어. 그런데 내가 머뭇거리던 그 순간, 아르키메데스도 뭔가 이상함을 느꼈는지 잠깐 멈췄지. 난 그때 물의 양을 다르게 옮긴 걸 들킨 줄 알았어."

"와, 시간 이동 님프의 존재를 들킬 뻔한 위기였네요!"

"그렇지. 아르키메데스가 물의 양의 차이를 느낀 것은 확실해. 하지만 내가 운이 좋았는지 아르키메데스는 그 차이를 다른 쪽으로 생각했어."

"어느 쪽이요?"

"임금의 왕관 문제를 해결하는 쪽으로 생각을 했지. 시간을 옮기는 님프의 존재까지 밝혀내지는 못했어."

"무슨 문제였어요?"

"당시 아르키메데스는 하에론 왕에게서 왕관이 순금으로 만들어졌는지 아닌지를 판별해 달라는 의뢰를 받았거든. 이는 쉬운 문제가 아니었기에 늘 염두에 두고 생각을 거듭해야 했지. 그랬기에 사소한 차이점도 그냥 넘기지 않고 문제를 해결할 실마리로 삼은 거야."

"맞아요. 저도 그런 경험이 있어요. 문제가 잘 풀리지 않다가 제가 화장실에 있거나 자고 일어날 때 갑자기 생각이 나는 경우가 있어요."

"나는 내가 대충 옮긴 물의 양의 차이를 느낀 아르키메데스의 섬세함이 그저 놀라울 뿐이었어. 결과적으로 보면 부력의 원리의 실마리를 제공한 것이지만, 우리 님프 족의 정체를 들킬 뻔했지. 아찔한 순간이었고, 천재의 시간을 옮기는 님프들이 더 열심히 공부를 하게 만든 계기가 되었지. 같은 일이 또 반복될 수는 없잖아."

"시간을 옮기는 것도 공부가 필요하군요."

"그럼, 공부가 아주 많이 필요했어."

"그런데 정말 아르키메데스가 옷을 벗고 밖으로 나갔어요?"

화제는 다시 옷을 벗고 나간 아르키메데스로 이어졌다.

"음…… 시간을 옮기면서도 나도 민망하긴 했지만 그건 사실이야."

"상상하면 안 되는데, 자꾸 상상이 돼요."

"뭘 상상하든 당시엔 그것이 그렇게 특이하거나 충격적인 일은 아니었어. 아까도 말했지만 그때는 옷을 벗고 다니던 사람도 있었거든."

"아무리 그래도 아르키메데스는 당시에도 유명한 사람이었을 텐데, 나체로 길을 걷는 것은 좀 그렇잖아요."

"그건 그렇지만 원래 천재들은 무엇인가에 빠지면 주변을 가끔 잊는 듯해. 네가 좋아하는 뉴턴도 자신의 시계가 달걀인 줄 알고 삶은 적도 있었어."

"그렇군요."

"아르키메데스가 관심이 다양하다고 해서 일을 이것저것 벌이기만 한 것은 아니야. 아르키메데스는 벌인 일도 많지만 일을 완성하는 능력이 탁월했어. 자신이 생각해 낸 방법에 어떤 원리가 있는지 꼼꼼히 되짚어 보면서 사물의 본질을 꿰뚫어 보려고 했어. 또 자신이 발견한 원리는 다른 사람들도 알기 쉽도록 글로 간결하게 풀어냈지. 덕분에 그가 발견한 다양한 원리는 많은 사람들에게 전해졌고, 그 원리를 응용해서 다양한 물건이 만들어졌어. 네가 부엌 서랍에서 본 수많은 따개들처럼 말야. 새로운 일을 계속 벌이기만 하고 제대로 완성하지 못했다면 그의 생각은 널리 퍼지지 못했을 거야."

"자신의 지식을 나누는 데 옹졸한 사람은 천재가 될 자격이 없는 것 같아요."

"요즘처럼 공부를 경쟁이라고 생각하는 시대에 자신이 알게 된 사실을 많은 사람과 함께 나누려고 했던 아르키메데스의 자세는 본받을 만하지."

"떙!"

타이머가 울렸다.

"자! 이제 피자를 만들어 볼까?"

"제가 도우를 만들게요."

"그럼, 난 옥수수 캔을 따야겠군. 열네 살 어른인 자네가 따다가 이번엔 옥수수를 뒤집어 쓸 수도 있으니 말이야."

"절 놀리시는 거죠?"

반고 할아버지와 모링은 피자를 함께 만들었다. 엄마와 요리할 때와는 또 다른 재미가 있었다. 도우 위에 좋아하는 토핑을 마음껏 올린 후 오븐에 넣었다. 피자가 구워지는 냄새가 구수했다. 피자가 구워지는 동안 그릇을 씻는 할아버지의 뒷모습을 바라봤다. 옷을 벗어도 된다는 황당한 말씀이나 썰렁한 농담을 하시는 것만 빼면 반고 할아버지는 참 좋은 분이라는 생각이 들었다. 아니 그런 엉뚱한 모습 때문에 어쩌면 더 반고 할아버지를 좋아하게 되는 것일 수도 있다고 생각했다. 반고 할아버지에 대한 모링의 애정은 할아버지가 단지 맛있는 것을 주셔서 드는 생각은 아니었다.

피자와 아르키메데스로 채워진 하루를 마치고 방으로 올라온 모링은 일기를 쓰는 의식을 시작했다. 모링에게 언제나 가장 흥미 있는 이야기는 할아버지가 시간 이동 님프 일을 하실 때 겪으신 일이었다. 그래서 오늘도 수학자 아르키메데스의 이야기와 자신이 느낀 점을 빼곡히 적었다.

> 나도 사물을 꿰뚫어 볼 수 있는 사람이 될 수 있을까? 그건 투명인간이 되는 것보다 더 짜릿한 일일 듯.
> 공부는 경쟁이 아니야, 내가 아는 것을 다른 사람과 함께 나눌 줄 알아야지.

기억을 좇아 쓰는 것이 어제보다는 훨씬 더 수월했다. 호언장담하고 기름병을 따다가 기름을 덮어 쓰고 주변에 다 튀게 한 부끄러운 장면이 떠올랐다.

> 기름병을 열 때는, 또 망신을 당하지 않으려면 병을 꼭 잡아야겠다. 그래도 그 덕에 모처럼 뜨거운 물에 몸을 담그게 된 것은 좋았다.

탕 속에 몸을 담갔을 때 온몸이 풀어지며 느낀 노곤함을 다시 떠올리는 순간, 어릴 적 아빠와 물장난하며 목욕하던 장면이 머릿속에 오버랩되었다. 어릴 적 플라스틱 오리를 물에 띄우고 오리 흉내를 내며 수영하던 기억도 났다. 물속에서 숨을 오래 참을 수 있다고 아빠에게 자랑하던 기억도 났다. 아빠가 사라지면 같이 사라질 줄 알았던 그 추억들이 연이어 기억의 수면 위로 떠올랐다. 뜨거운 물에 몸이 풀리며 꽁꽁 얼어 버린 마음도 같이 녹은 게 분명하다. 이것은 지난번처럼 일기를 그만 쓰고 덮는다고 사라질 수준의 기억이 아니었다.

'아빠와 물놀이할 때 갖고 놀던 그 오리도 상자 안에 넣어 두었지!'

사실 모링은 마음이 약해질까 봐 아빠와의 추억이 담긴 물건들을 상자에 모두 담아 잘 보이지 않는 곳에 두고, 아빠와 함께한 추억을 생각하지 않으려고 했다. 그런데 이곳으로 이사 오고 나서는 그 상자가 어디에 있는지 모른다는 사실을 깨달았다. 아직 열어 볼 자신은 없어도 그 상자가 어디에 있는지는 알아 두어야겠다고 생각했다. 모링은 일기를 쓰다 말고 벌떡 일어나 1층으로 내려갔다. 한번 방에 올라가면 내려오지 않던 모링이 내려오자 키엘은 놀랐다.

"모링, 무슨 일이니?"

모링은 물었다.

"엄마, 그 상자 어디 있어요?"

"무슨 상자?"

"그 상자요, 아빠가 담긴 상자."

키엘은 또다시 놀랐다. 모링이 그 상자를 먼저 찾을 것이라곤 예상하지 못했다. 키엘은 모링에게 그 상자가 자신의 옷장 안에 있다고 알려 주었다.

"네, 알았어요."

모링은 상자를 찾으러 가지는 않았다. 오늘은 상자의 위치를 알아 두는 것만으로도 충분하다고 생각한 모링은 다시 2층으로 올라가서 일기를 마저 썼다.

오늘 해 보니 어릴 적보다 더 오래 물속에서 숨을 참을 수 있었어요. 아빠가 계셨으면 많이 컸다고 좋아해 주셨겠죠?

모링은 일기장을 덮었다. 할아버지와의 추억을 담은 일기장이 한 장 한 장 채워질 때마다 허세 가득한 열네 살이 아니라 진짜로 어른이 되어 감을 느꼈다.

08
1000조각 퍼즐

"모링! 오늘도 잘 지낼 수 있지?"

키엘이 모링을 쳐다보며 말했다. 모링은 씩씩하게 대답했다.

"걱정 마세요. 아주 잘 지낼게요."

모링의 표정에서 어릴 적 밝은 모습이 보였다. 너무 사랑스러웠다.

키엘과 헤어지고 모링은 반고 할아버지 댁 초인종을 눌렀다.

"모링, 굿모닝!"

반고 할아버지는 항상 똑같은 인사와 표정으로 모링을 맞아 주셨다.

"안녕하세요. 어제 부엌에서 저지른 실수는 다시 한번 사과드릴게요."

"모링, 너 이 녀석, 그런 건 빨리빨리 잊자고."

모링은 거실에 앉았다. 그때 반고 할아버지가 어디서 상자 하나를 들고 오셨다.

"시간을 보낼 땐 이만한 게 없지."

"이게 뭐예요?"

"퍼즐."

"퍼즐이요?"

할아버지께서 들고 오신 퍼즐은 자그마치 1000조각이었다. 그래도 모링은 아빠와 늘 하던 놀이였기에 퍼즐이라면 나름 자신이 있었다. 비록 어릴 적 아빠와 맞춘 퍼즐은 500조각이었지만, 이제 자신도 컸으니 1000조각도 거뜬히 맞출 수 있다는 생각이 들었다.

"그림은 뭐예요?"

"바로 이거야."

"헉! 이게 뭐예요?" 너무 어려울 것 같은데요? 사람이 너무 많아요!"

할아버지가 갖고 온 퍼즐의 완성 그림을 보자 모링은 자신감이 급격히 떨어졌다.

"자자, 겁내지 마. 모링. 내가 있잖아. 함께 시작해 보자고!"

반고 할아버지는 먼저 제일 가운데에 사람 얼굴이 그려진 조각 하나를 꽂으셨다.

"자! 여긴 플라톤의 자리이고."

"플라톤이요? 이 그림에 나오는 사람들에게 이름이 있나요?"

"그럼, 있다마다!"

할아버지는 조각들을 한참 들여다보다가 두 번째 조각은 아까

꽂은 자리 옆에 꽂았다.

"이 사람은 아리스토텔레스지."

아직도 998조각이 비어 있는 판의 가운데에 조각 두 개가 덩그러니 꽂혔다.

"모링! 이거 내가 다 꽂을 때까지 그냥 구경만 할 거야?"

"무슨 말씀을요! 저도 한 퍼즐 하는 아이예요."

모링은 오기가 발동했다. 그림을 뚫어지게 보며 특징을 파악한 후 조각들을 공략하기 시작했다. 생각보다 쉽지 않아서 한 조각 한 조각 위치를 찾는 데 적지 않은 시간이 걸렸다. 반면에 반고 할아버지는 아주 쉽게 퍼즐을 채웠다.

"뭐 좀 마실 텐가?"

할아버지의 말씀도 잘 들리지 않을 정도로 모링은 퍼즐 삼매경에 빠졌다. 할아버지는 연달아 몇 조각을 빠른 속도로 채워 모링의 약을 올리고는 마실 것을 가지러 가셨다. 할아버지는 우유에 초코 가루를 넣어서 가져오셨다. 모링은 목이 말랐는지 할아버지가 준 초코 우유를 단숨에 들이켰다. 그리고 다시 퍼즐에 집중했다. 시간이 얼마나 지났을까? 퍼즐이 거의 다 완성되어 퍼즐 조각이 열 개 남짓 남았다. 남은 조각이 줄어들수록 그림이 채워지는 속도는 빨라졌다.

"만세, 브라보!"

모링은 모든 조각을 채운 후 두 팔을 번쩍 들어 올렸다. 1000조각 퍼즐이 다 맞추어지자 웅장한 그림이 나타났다.

"멋지네요."

모링은 감격스러워하며 완성된 퍼즐을 바라봤다. 하지만 거실 바닥에서 오랜 시간 몸을 구부리고 퍼즐을 맞춘 것이 힘들었는지 모링은 뒤로 벌렁 누웠다.

"아이고, 힘들다."

"힘들지, 힘들 거야."

"너무 힘든데요? 어릴 적 아빠랑 맞춘 500조각 퍼즐은 만만했는데, 1000조각은 차원이 다르네요. 그림에 사람이 많이 등장해서 눈에 익숙하지 않아 더 어려웠어요."

퍼즐을 마치고 천장을 바라보며 누워 있는 모링에게 반고 할아버지가 말했다.

"아테네 학당이야."

"네?"

"이 그림의 제목이 아테네 학당이라고."

"학당이면 학교예요?"

"그렇지, 오늘날로 말하면 학교지."

"제가 싫어하는 학교를 이렇게 힘들게 맞추다니."

모링이 억울하다는 듯이 누워 있던 자리에서 일어났다. 그리고 퍼즐을 다시 쳐다봤다.

"이 그림은 도대체 누가 그린 거예요?"

모링의 질문에 할아버지는 바로 답을 알려 주지 않았다.

"한 시대에 한 명 나올까 말까 한 천재들이 한꺼번에 등장한 때가 있었어."

모링은 궁금한 눈빛으로 반고 할아버지를 쳐다봤다.

"레오나르도 다빈치. 미켈란젤로가 함께 숨 쉬던 시대."

"우와, 대단한 시절이네요!"

"천재들이 많이 나타나다 보니 그들의 시간을 옮기는 데 필요한 시간 이동 님프가 절대적으로 부족했지. 천재들은 민감하기 때문에 그들의 시간을 옮기는 데 초보 시간 이동 님프들을 투입할 수 없었지만 이때는 어쩔 수 없었어. 그래서 초보 님프들도 천재들의 시간을 옮기는 데 투입이 되었어. 대신 초보 님프들을 항상 살피고 가르치며 이끌 숙련된 시간 이동 님프들도 함께 투입됐지. 숙련된 님프들은 마스터라 불렸어."

"어느 정도 경력이 쌓이면 마스터가 되죠?"

"천재라고 평가된 세 명의 시간을 옮기면 자격을 갖게 되지. 그런데 그마저도 인원이 부족해서 두 명의 천재의 일생을 옮긴 님프들도 마스터로 올려 주었어. 나도 그때 운이 좋게 탈레스와 아르키메데스, 이 둘의 시간을 옮긴 경력으로 마스터가 되었지. 문제는 그렇게 해도 천재들의 시간을 옮겨야 할 님프 수가 절대적으로 부족했다는 거야."

"그럴 땐 어떻게 했어요?"

"아주 드문 일이기는 해도 일부는 이미 다른 사람의 시간을 옮기는 데 투입되다가 어쩔 수 없이 시간을 옮기는 대상을 중간에 바꾸기도 했지."

"천재가 많던 르네상스 시절이 시간 이동 님프들에게는 매우 혼란스러운 시기였겠어요."

"그래, 그래. 일도 참 많았지."

"할아버지는 그때 누구의 시간을 옮기셨나요?"

"나는 아르키메데스의 시간을 옮긴 후 아주 긴 휴식을 갖고 있었어. 그러다가 다빈치보다 7년 먼저 태어난 수학자 파치올리의 시간을 옮기는 일을 시작했어."

"파치올리요? 커피 이름 같아요."

"그 파치올리는 다빈치의 선생님이 되지."

"천재 다빈치의 선생님이셨다고요? 천재를 가르치신 분은 더 천재시겠네요?"

"두 사람의 우열을 가릴 수 있을지는 잘 모르겠지만, 파치올리가 다빈치의 천재성을 더 꽃피웠음엔 틀림이 없어."

"무엇을 가르치셨어요?"

"기하학. 다빈치는 원래부터 도형에 관심이 많았어. 자신만의 방법으로 피타고라스의 정리를 증명하기도 했지. 그런 그가 파치올리에게 기하학을 제대로 배우게 되면서 아이디어가 더 정교하게 다듬어졌어.

"그럼, 파치올리의 시간을 옮기면서 다빈치도 만나셨겠네요?"

"그래, 내가 옆에서 본 다빈치는 정말 대단했지. 파치올리에게 수학을 배울 때도 그랬지만, 열정이 대단해서 미친 사람처럼 보일 때도 있었어. 기계, 건축, 회화, 조각, 심지어 전쟁의 기술 등 세상 모든 학문의 비밀을 샅샅이 파헤치려고 하니 생각보다 시간 이동 님프들이 너무 많이 필요해졌어. 워낙에 관찰력이 좋은 천재라 자칫 실수를 하면 우리의 존재를 다 알게 될 수도 있거든."

"다빈치에게 투입된 초보 님프들은 실수가 전혀 없었나요?"

"이제 와서 말이지만, 실수가 왜 없었겠어. 더구나 다빈치는 관심이 광범위해서 도구들도 상당히 많았거든."

"상상이 가요."

"그래서 사실 동시에 그 도구를 모두 옮기지 못할 때도 있었어."

"안 들켰어요?"

"아마도. 그랬으니 지금까지 우리에 대한 이야기를 쓴 연구가 없겠지. 셜링의 〈환상특급〉 빼고는 우리 존재가 어딘가에 소개된 적은 없었으니까."

"그러네요."

"다빈치도 당시 관심 있는 도구들 아니면 모두 볼 수 없기에 작은 실수들을 들키지 않은 거지."

"늘 조마조마하셨겠어요."

"다행히 난 다빈치의 마스터는 아니어서 괜찮았어."

"파치올리와 다빈치는 사이는 좋았나요?"

"내가 시간을 옮긴 천재들 중엔 처음에 사이가 좋다가 나중엔 나빠지는 스승과 제자도 있었지만, 이 두 사람의 사이는 계속 좋았어.

파치올리가 60세 가까이 되었을 때는 다빈치의 명성이 엄청날 때였거든? 그때 파치올리가 『신성한 비례에 대하여』란 책을 쓰면서 삽화가 필요했는데, 다빈치가 기꺼이 그려 주었지. 위대한 다빈치가 삽화를 그냥 그려 주었다는 것은 그만큼 파치올리와 친하고 그를 존경한다는 뜻이야.”

“나도 만약 다빈치와 아는 사람이었다면 정말 으쓱했을 텐데. 더구나 그림까지 직접 그려 주었다니 매우 친하셨나 봐요.”

“그렇지. 나이 차는 일곱 살에 불과했지만 다빈치는 파치올리를 많이 존경했어.”

“그렇군요.”

“그렇지만 난 아쉽게도 나는 파치올리가 『신성한 비례에 대하여』라는 책을 완성할 때까지만 그와 함께할 수 있었어.”

“왜요?”

“생각보다 많은 인원이 다빈치에게 투입되었고, 같은 시대에 미켈란젤로 역시 다빈치만큼의 시간 이동 님프들이 필요했거든. 그때까지도 우리 시간 이동 님프들은 버틸 만했지. 문제는 또 다른 천재가 성장하고 있었다는 데 있었어. 그 천재까지 감당할 숙련된 님프들이 절대적으로 부족했어. 그래서 어쩔 수 없이 중요한 업적을 마무리한 파치올리에서 성장하는 천재로 시간을 옮길 대상을 바꿀 수밖에 없었지.”

“성장하던 천재는 누군데요?”

"라파엘로."

"라파엘로요? 그 사람도 수학자예요?"

"아니, 화가였어."

"화가요? 할아버지는 주로 수학과 관련된 분들의 시간을 옮기셨잖아요? 그전에 시간을 옮기신 천재들과는 분야가 전혀 다른데요? 인원이 정말 모자랐나 봐요."

"그랬지. 정말 부족해서 전공을 따져 가며 대상을 고를 여유는 없었어. 설상가상으로 내가 라파엘로의 시간을 옮기기 시작할 때쯤 라파엘로는 궁정 화가가 되어 교황의 부탁으로 바티칸 집무실의 벽화를 그려야 하는 막중한 일을 맡았어."

"더 긴장되셨겠어요."

"응, 옮기는 물건의 종류도 사뭇 달라서 일을 시작했을 땐 마스터인 나도 쉽지 않았지. 성장하는 천재로 명성이 자자했으니 많이 긴장했어. 매번 몇 개씩 물감을 빠뜨렸다가 다시 가져간 일이 적지 않았어."

"그런 경우는 어떻게 돼요?"

"라파엘로가 물감을 여러 번 찾게 되지. 골탕을 먹이려고 한 건 아니었는데, 익숙하지 않다 보니 그런 경우가 초반에는 좀 있었어."

"라파엘로는 여기저기 물감을 둬서 찾는 데 오래 걸리는 줄 알았겠어요."

"그렇지. 그래도 그림 그리는 데 집중할 수 있도록 최선을 다했어. 수학자는 책상이랑 연필 정도만 옮기면 되었는데, 화가들은 작은 물감부터 그림 도구까지 옮길 게 훨씬 더 많더라고."

"그랬겠어요."

"그래도 다빈치보다는 나아."

"하하하."

"시간을 옮기면서 알게 된 건데, 수학자와 화가의 영역이 꼭 다르지만도 않더라고. 화가들은 자신들의 예술에서 아름다움을 구현하기 위해서 수학을 활용했지. 수학을 통해 아름다운 비율을 공부하고 그것을 회화나 조각으로 표현했거든."

"그렇겠네요. 그럼 라파엘로가 완성한 그림은 뭐죠?"

반고 할아버지는 모링이 완성한 1000조각 퍼즐을 가리켰다.

"이거."

"이거요?"

"응, 그 그림이 바로 라파엘로가 그린 〈아테네 학당〉이야."

"되게 작은데요?"

"하하, 모링! 이건 퍼즐이잖아. 진짜 벽화는 매우 크지. 가로 7미터에 세로 5미터 정도 될 거야."

반고 할아버지는 양팔을 펼쳐서 그림의 크기를 가늠하며 말씀하셨다.

"이런 그림은 사람들을 한꺼번에 세워 놓고 그리는 건가요?"

"하하하하."

모링의 천진한 발상에 할아버지는 크게 웃으셨다.

"그러면 화가야 편했겠지만……. 이 그림 속 인물들은 동시에 세워 놓을 수가 없는 사람들이란다."

"왜요?"

"서로 다른 시대에 살았거든."

"가운데에서 하늘을 가리키고 있는 사람은 플라톤이고, 그 옆에서 손을 앞으로 내밀고 있는 사람은 아리스토텔레스지. 그리고 왼쪽 아래에서 아이들에게 수학을 가르치고 있는 사람은 그 유명한 피타고라스고, 오른쪽 아래에서 컴퍼스를 돌리며 사람들에게 기하학을 설명하고 있는 사람이 유클리드야. 그리고 여자도 한 명 있는데, 찾을 수 있겠니?"

"여자요?"

모링은 그림을 빠짐없이 훑어보다가 순백의 옷을 입고 고개를 돌려 정면을 응시하고 있는 사람을 가리켰다.

"이 사람인가요?"

"맞아! 아름답지? 그 사람은 최초의 여성 수학자라고 불리는 히파티아란다."

"할아버지가 왜 라파엘로의 시간을 옮기게 되셨는지 알겠어요. 라파엘로는 화가인데도 수학자들에게 관심이 많았던 거 아니에요?"

"꼭 그런 건 아니야. 내가 이 그림을 수학자를 중심으로 소개해서 그렇지. 이 그림에는 수학과 관계가 없는 인물들도 많단다."

"그렇군요. 그런데 이 그림은 왜 그려진 거예요?"

"라파엘로의 재능을 아끼던 브라만테라는 사람이 있었어. 그는 교황과도 친했지. 당시 교황은 예술은 물론 인문학에도 관심이 깊었거든. 그러다 보니 자신이 머무는 사무실을 역사적인 인물과 광경으로 채우고 싶어했지. 브라만테는 교황의 의도를 파악하고 라파엘로에게 교황이 머무는 집무실의 벽화를 작업해 달라고 부탁한 거야."

반고 할아버지는 긴 이야기를 이어 갔다.

"라파엘로는 고민 끝에 중세 시대 수도원 대학에서 가르치던 신학, 철학, 법학, 시학을 네 벽면에 고루 배치하고, 그 네 가지 학문의 줄기를 나타낼 이야기를 그림으로 풀어서 표현하고자 했지. 아테네 학당은 그 네 가지 벽화 중 하나로 철학을 표현한 벽화였어. 철학자, 수학자, 천문학자 중에서 고대인들에게 지혜를 전해 주었던 54명을 선정해 그들의 철학을 연구한 후, 그들의 추상적인 생각을 구체적인 몸짓으로 시각화하여 나타낸 거야. 단순히 사람을 앞에 두고 똑같이 그리는 그림을 넘어 서로 다른 시대에 살던 인물들의 철학을 충분히 이해하고, 그들이 마치 한자리에 모인 것처럼 화폭에 담아냈지. 〈아테네 학당〉은 그의 치밀한 계산 아래 그려진 상상화야."

"그럼 모두 생각만으로 그린 거예요? 상상해서 그린 그림이었다니 말도 안 돼요."

"물론 〈아테네 학당〉에 등장하는 인물들의 생애와 외모에 대한 책을 라파엘로에게 갖다 주는 등 브라만테의 도움도 컸어. 보통 천재들은 괴팍하고 사람들과 잘 어울리지 못한다는 선입견이 있는데, 라파엘로는 그 반대였어. 온화하고 사교적이라 많은 사람들이 좋아했어. 브라만테도 그의 인성에 반해 이렇게 중요한 일을 부탁하고 도와준 거야."

"아……, 이 퍼즐 그림에 그런 위대함이 담겼는지도 모르고 맞추기 힘들다고 너무 투덜거렸네요."

모링은 완성된 퍼즐 앞에서 자세를 바르게 고쳐 앉았다.

"〈아테네 학당〉은 붓 터치나 회화 기법도 훌륭하지만, 그 그림을 완성하기 위해 라파엘로가 엄청난 연구 끝에 자신의 상상력을 펼쳐 냈기에 대단한 작품이라고 할 수 있지. 상상력은 아무 생각도 없는 곳에서는 나오지 않는다는 생각이 들어."

모링은 다시 한번 퍼즐 속에 있는 54명의 인물을 하나하나 관찰했다.

"아무리 그래도 어떻게 그렇게 많은 사람들의 얼굴을 서로 다르게 그릴 수 있었을까요? 전 사람을 그리면 얼굴이 다 똑같아지던데요."

모링의 꾸밈없는 솔직함에 반고 할아버지는 미소를 지었다. 그리고 아주 작은 목소리로 말했다.

"비밀이 있긴 해."

비밀이라는 소리에 모링의 눈빛이 반짝였다. 열네 살 아이들은 비밀을 좋아한다.

"나도 너와 같은 생각이었거든. 시간을 옮기면서 어떻게 그 인물들을 상상만으로 그려 나갈까 지켜봤지."

"그런데요?"

"사실은 말야."

"네."

모링은 혹시 누가 들을까 봐 반고 할아버지에게 바짝 다가섰다. 이럴 땐 영락없이 어린아이였다.

"〈아테네 학당〉에 등장한 인물들의 모습을 도저히 찾을 수 없었을 땐 주변 사람들을 모델로 삼아 그리기도 했어. 팔꿈치를 계단에 기댄 채 사색에 잠긴 헤라클레이토스는 바로 미켈란젤로를 모델로 그린 거야. 플라톤은 다빈치를 모델로 그렸지. 또 유클리드는 자신에게 교황을 소개해 준 브라만테를 모델로 삼아 그렸고."

"반전인데요?"

"그리고 사실 자신의 얼굴도 그려 넣었어."

"네? 정말요?"

"어때 흥미롭지? 한번 찾아 보렴."

이런 위대한 그림 속에 장난스러운 위트가 담겨 있다니 모링은 믿기지 않았다.

"이전까지는 보지 못하던 예술가의 삶이었기에 시간을 옮기면서 무척 재미있었어. 그리고 천재들은 우리가 생각하는 것 이상의 에너지를 자신의 일에 쏟는다는 것도 알았지. 다빈치와 미켈란젤로는 화가였지만 더 자연스러운 인체를 표현하기 위해 해부학과 생체역학을 공부했어. 라페엘로는 다빈치와 미켈란젤로의 장점을 자기 것으로 흡수한 후 자신만의 세련됨을 입혀 그림을 그렸고. 그들의 천재성은 결국 그들이 흘린 땀의 결실이었어."

할아버지가 해 주신 말씀을 완벽히 이해하지는 못했지만 모링은 괜히 숙연해졌다.

"모링은 앞으로 어떤 일에 그런 열정을 바치고 싶어?"

"글쎄요, 아직 생각해 보지 않았어요."

모링의 당황스러운 표정을 읽었는지 할아버지는 자신도 어렸을 때는 그랬다고 말했다.

하지만 모링은 이제 자신도 앞선 질문에 대해 고민을 해야 할 때가 아닐까 생각했다.

"저도 위대한 사람들처럼 제 혼을 불사를 일을 할 수 있을까요?"

"그럼, 할 수 있고 말고."

할아버지는 그냥 하시는 대답일 수도 있지만 모링에게는 그 말이 큰 힘이 되었다.

"퍼즐 맞추느라 눈이 많이 피곤할 텐데, 이제 밖으로 나가 볼까?"

"이 퍼즐은 어떻게 하죠?"

"다시 원래대로 돌려놓아야겠지?"

"네?"

모링은 힘들여 맞춘 조각을 다시 원래대로 돌린다는 말에 너무 놀랐다.

"왜? 원래 퍼즐은 그런 거 아냐?"

"아뇨, 이걸 또 어떻게······."

버벅거리는 모링을 보고 할아버지는 말씀하셨다.

"염려 마, 모링! 내가 이 퍼즐이 들어갈 액자를 근사하게 만들어 줄 거야. 그 액자에 잘 넣어 벽에 걸어 두렴."

모링의 얼굴에 안도의 웃음꽃이 활짝 피었다. 살짝살짝 얼굴을 스치는 미소만 짓던 모링이 이렇게 활짝 웃는 것은 아주 오랜만이었다.

밖은 화창했다. 보리밭의 푸르름이 절정에 달했다.

"오늘 날씨를 보니 1504년 피렌체가 떠오르는군. 1504년 피렌체에 다빈치, 미켈란젤로, 라파엘로가 다 모였거든? 그때 정말 장난 아니었지. 우리 시간 이동 님프들도 동선이 겹치지 않기 위해 정말 정신 바짝 차리며 열정적으로 움직이던 때고. 아마 누군가의 열정은 보이지는 않아도 옆 사람들에게도 전해지나 봐. 그래서 세 명의 천재의 열정이 동시에 발휘된 그때가 문화를 가장 꽃피운 시절이 아니었나 싶어."

할아버지의 이야기를 따라 모링도 그 시절로 돌아갔다 온 하루였다. 할아버지는 퍼즐의 크기를 재고 나서 액자를 만들려고 작업장으로 가셨다. 액자를 만드는 것은 할아버지에게 채 한 시간도 걸리지 않는 아주 쉬운 일이었다. 그렇게 모링이 눈이 빠지게 맞춘 1000조각 퍼즐 〈아테네 학당〉과 그 작품에 담긴 이야기는 근사한 액자에 함께 담겨 모링의 방에 걸렸다.

저녁을 먹고 자기 방에 돌아온 모링은 일기를 썼다. 오늘도 할아버지의 이야기는 모링을 실망시키지 않았다. 너무 많은 등장인물이 나와 헷갈리기는 했지만, 그림을 보면 되니까 일기를 쓰는 데는 어려움이 없었다. 모링은 벽에 걸린 〈아테네 학당〉을 쳐다봤다. 그리고 라파엘로의 얼굴도 찾아 봤다. 천재 화가와 그 그림에 담긴 위대한 사람들의 이야기가 하나씩 떠올랐다. 그림 속에서 소리가 웅성웅성 나는 것 같았다.

'모링은 앞으로 어떤 일에 그런 열정을 바치고 싶어?'

할아버지의 질문이 떠올랐다.

귀신을 보는 아이라는 사람들의 수군거림 탓에 모링은 아빠가 돌아가시고 나서 마음의 문을 닫을 수밖에 없었다. 아빠가 돌아가신 지 1년이 지나도록 그날의 충격에서 벗어나지 못한 채 말이다. 그랬기에 할아버지의 질문은 모링을 난감하게 만들었다.

나는 어떤 일에 열정을 바치는 사람이 될까?

모링은 일기를 쓰면서 오늘 처음으로 자신에게 질문을 던졌다. 질문을 했으니 답을 알아야 할 것 같은데, 모링은 자신이 던진 질문에 답을 할 수 없었다.

할 수 없는 질문의 수를 줄여 나가다 보면 언젠가는 어른이 되어 있을까?

모링은 답을 할 수 없는 질문의 의미를 생각했다.

누군가의 시선을 느낄 만한 그림이 없던 예전의 방도 좋았지만, 〈아테네 학당〉의 위대한 인물들이 자신을 보는 것도 나쁘지는 않았다. 그들을 보고 있으니 든든한 느낌이 들었다.

나도 엄마에게 든든한 아들이 돼야 할 텐데……

위대한 인물들의 기운이 전해져서일까? 아이답지 않은 성숙한 생각이 들었다. 모링의 생각은 하루에도 열댓 번씩 아이와 어른 사이를 왔다 갔다 했다.

이런저런 생각을 일기로 쓰는 것은 굳게 닫힌 마음의 자물쇠에 꼭 맞는 열쇠를 다듬어 가는 과정인 것 같았다. 그 열쇠가 완성되는 날, 꼭꼭 닫힌 마음의 문이 열리는 것을 감당할 수 있을지 아닐지는 자신이 없었다. 하지만 모링은 최소한 시도는 해 봐야겠다고 다짐하며 일기의 마지막 줄을 적었다.

아빠 기억이 나면 애써 누르지 말고 그냥 두자!

불을 끄고 침대에 눕자 아빠와 500조각 퍼즐을 하며 깔깔대던 추억이 자연스럽게 떠올랐다. 모링은 그 기억을 받아들였다. 그리고 그때 느낀 즐거움을 다시 한번 떠올리며 마음을 적셨다.

09
자전거

"엄마! 준비 다 됐어요."

늦게 일어난 모링이 서둘러 세수를 하고 출근을 준비하는 엄마에게 갔다.

"모링, 오늘은 이걸 가져가야겠는데?"

키엘은 뭔가가 잔뜩 담긴 가방을 모링에게 내밀었다.

"이게 뭐죠?"

"가서 열어 봐. 할아버지 기다리시겠다."

키엘은 모링을 반고 할아버지 댁에 데려다주고 출근을 했다. 할아버지 댁 마당에 도착하자 할아버지 자전거 옆에 못 보던 자전거 한 대가 눈에 들어왔다.

"누가 왔나?"

모링은 생각했다. 그리고 할아버지 댁으로 들어가기 전 가방을 먼저 열어 봤다. 자전거 헬멧과 무릎 보호대, 장갑 등 자전거를 탈 때 필요한 안전 장비가 들어 있었다. 고개를 갸우뚱거리며 벨을 눌렀다.

"모링, 굿모닝!"

"네, 안녕하세요? 할아버지."

"그래, 목은 괜찮아? 어제 퍼즐하느라 무리한 것 같던데."

"자고 나니 거뜬해졌어요. 할아버지가 주신 액자를 걸어서 방이 근사해졌어요."

"라파엘로 덕이겠지. 그건 그렇고 안전 장비는 잘 챙겨 왔니?"

"아! 이거요?"

모링은 엄마가 챙겨 주신 가방을 보여 드렸다.

"엄마가 아주 잘 챙겨 주셨구나!"

"할아버지께서 갖고 오라고 하신 거예요?"

"응, 오늘은 너랑 자전거를 타려고. 키엘에게 물어보니 네가 아직 자전거를 제대로 못 탄다고 하더구나!"

"아! 네, 아직 제대로 배우지 못했어요."

"그래, 이 동네에 오래 머물려면 자전거를 배워 두는 게 여러모로 편할 거야."

"아! 네."

"물론 우리 어릴 적엔 이런 장비 없이 그냥 넘어지면 손이 까지고 무릎에 피가 나면서 배웠지만 말야."

"저도 안 하고 타면 안 될까요? 답답할 것 같은데."

"그래도 다치는 것보단 불편한 게 낫지. 한번 써 봐!"

"바로 나가게요?"

"낮에는 더울 테니 시원할 때 배우는 게 낫지 않을까?"

"그건 그래요."

모링은 엄마가 새로 사 준 헬멧과 무릎 보호대, 장갑을 착용했다. 갑자기 아이언맨이 된 것 같았다.

"잘 어울리는데?"

모링은 반고 할아버지 댁 창문에 비치는 자신의 모습을 바라보았다. 나쁘지 않았다.

"자, 이제 자전거를 배워 볼까? 타 본 적은 있지?"

"그럼요, 아빠랑요. 아빠가 자전거를 가르쳐 주려고 하셨거든요. 그때 쓰던 작은 헬멧도 있어요."

"왜 계속 안 탔어?"

"아빠한테 배울 때는 아빠가 뒤에서 잡아 주시면 탈 수 있을 정도였고요. 사고 이후로는 못 탔고요."

"그렇군, 그렇다면 금방 다시 탈 수 있겠어. 몸은 다 기억하고 있을 거야. 일단 이 자전거를 네가 타 보렴."

"이건 누구 거예요?"

"내가 예전에 타던 건데 다시 수리했지. 네가 이걸 타면 딱 맞을 것 같아."

"뒤는 내가 꼭 잡고 있을 테니 걱정 말고 페달을 밟아."

모링은 안전 장비를 갖춘 후 자전거에 폴짝 올라탔다. 할아버지가 자전거를 꽉 잡고 계셔서 잘 앉을 수 있었다. 몸을 앞으로 살짝 숙이며 페달을 힘껏 밟았다. 자전거 앞바퀴가 이리저리 돌다가 안정적으로 자리를 잡았다.

"할아버지, 아직 놓으시면 안 돼요!"

"내가 비록 늙었지만 시간 이동 님프였을 때 몇천 년 동안이나 가구를 옮겼다고. 근력 하나는 장난 아니니 염려 마라."

모링은 할아버지 댁 마당을 한 바퀴 돌았다.

"어때? 이제 감이 돌아왔니?"

"그런 것 같아요."

말과 달리 목소리는 떨렸다.

모링은 할아버지 댁 마당을 계속 돌았다. 한 바퀴를 더 돌려는데, 집 앞에 서 계신 할아버지가 보였다.

"어? 할아버지!"

할아버지가 뒤를 잡고 계실 줄 알았는데, 엉뚱한 곳에 계시니 모링은 자신감이 급격히 떨어져 바로 넘어졌다.

"뭐야, 잘 타다가."

"아니, 전 할아버지가 잡고 계시는 줄 알았어요."

"그게 다 심리적인 거라고."

"넌 이미 혼자 탈 수 있던 거야."

"그래도 아직 무서워요."

"열네 살이 할 소리는 아니군. 이제 한번 혼자 해 볼래?"

모링은 마음을 잡고 자전거에 올라타 힘차게 페달을 밟았다. 균형을 잡느라 이리저리 왔다 갔다 하는 횟수도 줄고 시원하게 앞으로 내달렸다. 할아버지 댁 마당을 넘어 쭉 내달리고 싶었다. 그러는 게 오히려 더 쉬울 것 같았다. 모링은 할아버지 댁 마당을 벗어났다. 경사가 있는 길이라 세게 밟지 않았는데도 속력이 빨라졌다. 생각보다 속도가 빨라 무서우면서도 짜릿했다.

"모링! 혼자 나가도 괜찮겠어?"

반고 할아버지의 외침이 들렸다. 그러나 모링은 이미 저 멀리 나가고 있었다.

"녀석도, 참!"

할아버지는 미소를 지었다.

매일 방에서 바라보던 보리밭과 해바라기밭을 가르며 이렇게 달리고 있다니 모링은 감격스러웠다. 이렇게 일직선으로 달리는 것은 계속할 수 있겠다 싶어 기분이 상쾌했다.

"우와, 신난다!"

모링은 자기도 모르게 크게 외치며 계속 달렸다.

'이렇게 달려서 엄마한테 가 볼까?'

어느새 자신감도 한껏 붙었다.

'진작에 탈걸.'

모링은 왜 자신이 자전거를 탈 생각을 하지 않았을까 후회했다.

그런데 그 생각도 잠시, 어떻게 다시 돌아가야 하나 살짝 겁이 났다. 자전거를 멈추지 않고 좁은 길을 돌다가는 잘못하면 보리밭으로 빠질 것 같았다. 어쩔 수 없이 일단 자전거를 세우고 방향을 반대로 바꿔야겠다고 생각해 자전거를 세우려고 하니 또 겁이 스멀스멀 올라왔다.

'이 속도로 브레이크를 잡으면 십중팔구 엎어질 텐데.'

모링은 침착하게 브레이크를 서서히 잡으면서 속도를 줄였다. 자전거가 조금씩 느려지다가 마침내 길 위에 섰다. 달리는 자전거를 세울 수 있다면 이제 자전거는 잘 탈 수 있다고 말해도 될 것 같았다.

'이 모습을 아빠가 봤으면 정말 좋아하셨을 텐데.'

자전거를 멈추자 아빠가 생각났다. 뒤를 돌아보니 반고 할아버지 댁과 모링의 집이 아주 작게 보였다. 맨날 창문을 액자 삼아 바라보던 그 길에 자신이 와 있다는 생각을 하니 그림 속에 들어온 것만 같았다.

'지금 내 방에서 나를 보면 어떻게 보일까?'

멀리 보이는 집을 보며 모링은 생각했다. 모링은 자전거를 돌려 다시 페달을 밟기 시작했다. 하지만 돌아갈 때의 모링은 좀 전의 모링과 달랐다. 더는 자전거가 두렵지 않았다.

"아, 신난다!"

모링은 이제부터 집에만 있지 말고 동네 이곳저곳을 자전거를 타고 다녀야겠다고 생각했다.

보리밭은 푸르고 해바라기는 노랗고 하늘은 파랬다.

자전거를 타고 달리니 마음도 시원하고 안 좋은 기억도 다 사라지는 것 같았다. 점점 할아버지 댁이 가까워졌다. 반고 할아버지는 마당에서 모링을 기다리고 계셨다. 할아버지 마당에 들어가 자전거를 멋지게 세웠다.

"물 만났네."

"네, 할아버지, 너무 재미있어요!"

"아버지가 잘 가르쳐 주셔서 자네 몸이 기억하고 있는 거야."

"제가 왜 진작에 다시 탈 생각을 하지 못했을까요?"

모링은 과거를 모조리 잊으려던 자신의 생각이 정말 어리석었음을 깨달았다.

"할아버지 저 한 바퀴 더 타고 올게요!"

그렇게 모링은 자전거를 원 없이 탔다. 자전거에 탄 채로 서서히 방향을 바꾸는 것도 시도했다. 처음엔 넘어졌지만 몇 번을 시도하다 보니 어느샌가 할 수 있게 되었다. 결국 쓰러져 다치는 게 두려워 이런 재미를 놓친 것은 아닌가 생각해 봤다.

자전거를 실컷 타고 나서 모링은 반고 할아버지 댁으로 왔다.

"이제 실컷 탄 거야?"

"일단은요."

"그래도 아직은 서투르니 조심해. 이렇게 쭉 뻗고 한적한 길에서 타는 것은 쉽지만 그렇지 않은 길은 연습이 많이 필요할 거야."

"조심할게요."

"아까는 속도를 너무 갑자기 줄여서 넘어졌어요."

"안전 장비 하길 참 잘했군."

"네, 할아버지. 감사해요."

자전거를 현관 앞에 세우고 모링과 반고 할아버지는 거실로 들어갔다. 할아버지는 모링에게 시원한 물을 한 잔 주셨다.

"그런데 자전거 탈 때 그 사과 가방이 불편하지는 않니?"

자전거를 탈 때도 가방을 메고 타는 모링을 보며 할아버지가 물었다.

"괜찮아요."

모링의 사과 가방 아니 그 안에 들어 있는 신문에 대한 집착은 한결같았다.

"그렇게 뉴턴이 좋은가 해서 말야."

"네, 아직은 갖고 다니고 싶어요."

"그렇군. 그럼 오늘은 자네가 좋아하는 뉴턴 이야기를 해 줄까?"

"할아버지께서 뉴턴의 시간도 옮기셨나요?"

"뉴턴과는 아주 짧게 만났지."

"짧은 만남이요?"

"그날을 정확히 기억하지. 1726년 4월 15일이었어. 나는 라파엘로의 시간을 옮기고 휴가를 얻어 충전하는 기간이었어. 충전할 때는 조용한 바다에서 낚시를 주로 했지. 그런데 갑자기 급한 연락이 온 거야. 뉴턴의 시간을 옮기는 내 친구 녀석이 배탈이 났는데, 뉴턴이 기에 아무 님프나 함부로 투입할 수 없다는 거였지. 내 친구도 나처럼 마스터였는데, 마스터의 빈 자리는 마스터가 채워야 하거든."

"그래서 어떻게 되었어요?"

"라파엘로일 때도 중간에 들어간 거라 뉴턴의 시간을 옮기는 데도 자연스럽게 들어갈 수 있었어."

"대박! 그럼 뉴턴의 시간도 옮기셨군요."

"하지만 아주 잠깐. 대타였어. 그때 이후로 나도 뉴턴에 대해 관심을 갖게 되었지."

모링은 뉴턴의 위인전에서 볼 수 없는 이야기를 듣는 이 순간이 너무 흥미진진했다.

"내가 투입되던 날에 뉴턴의 주치의 스타클리 박사가 뉴턴을 방문했어. 뉴턴은 한가했는지 자신의 주치의와 하루 종일 시간을 같이 보냈지."

"두 사람은 뭘 했나요?"

"사과나무가 있는 정원에서 차를 마셨어. 우리가 요즘엔 '켄트의 자랑'이라고 알고 있는 사과 종이었지."

"따뜻한 햇살을 받으며 두 분은 참으로 여유롭게 지적인 대화를 나눴어. 그런데 그때 내가 아직 몸이 풀리지 않았는지 사과나무를 옮기다가 사과 하나를 실수로 떨구었어. 난 그때 등골이 오싹했어. 나머지 님프들도 티는 내지 않았지만 모두 긴장하는 눈치였어. 마스터 체면이 말이 아니었지. 뉴턴은 떨어진 사과를 한참 보더니 차를 마시며 한마디 했어."

"무슨 말을 했어요?"

"'스타클리 씨, 사과는 왜 수직으로 지면에 떨어질까요? 사실 제가 요즘 그 질문에 빠져 있답니다' 라고 했지."

반고 할아버지는 뉴턴의 성대모사를 하며 당시를 떠올렸다.

"들키신 거예요?"

"아니, 별일 없었어. 나중에 들은 얘기지만 뉴턴의 시간을 옮기다 내 친구 녀석이 이미 전에 한 번 사과를 떨어뜨린 적이 있었다는군. 그리고 그 실수를 한 날부터 신경을 많이 써서 장에 탈이 나기 시작한 거고. 뉴턴은 내 친구가 처음 사과를 떨어뜨린 날부터 그 현상을 예사롭지 않게 생각한 거야. 내 친구가 사과를 떨어뜨린 날 시작된 질문에 대한 답을 내가 대타로 들어간 날에도 계속 생각하고 있던 거지."

"결국 만유인력의 법칙은 할아버지의 동료가 시간을 옮기다가 실수로 떨군 사과에서 시작이 된 거군요!"

"그런 셈이지. 그렇다 해도 떨어진 사과를 본 사람이 한두 명이겠어? 일상에서 자연의 법칙을 찾아내는 것은 아무나 할 수 있는 것은 아니야. 뉴턴은 남들이 흔히 넘기는 현상도 허투루 넘기지 않는 뛰어난 관찰력은 물론이고, 그것에 대해 매우 많은 시간을 들여 지속적으로 생각하는 끈기도 겸비했지."

"타고난 능력도 있겠지만 후천적 노력이 더 크다는 말씀으로 들려요."

"그건 정말 맞는 것 같아. 업적이 많다 보니 타고난 명석함으로 쉽게 쉽게 문제를 해결한 것 같지만, 친구의 말에 따르면 뉴턴은 사실 취미도 친구도 없이 연구에 매달린 사람이래. 그러다 보니 늘 한자리에서 연구만 했지. 그래서 뉴턴의 시간을 옮기는 일을 할 때 내 친구가 살이 많이 쪘어. 뉴턴은 심지어 밥 먹는 시간도 아끼며 쉬지 않고 연구를 했다고 들었어. 그러니 같은 1년을 보내도 이 일 저 일로 시간이 분산되는 사람들에 비해 많은 성과를 낼 수 있었을 거야. 뉴턴의 1년은 다른 사람들의 10년이 아니었을까? 그러다 보니 남들이 몇십 년에 거쳐 겨우 이룩할 업적을 혼자 다 이루어 낸 거야."

"전 그렇게 못 할 것 같아요."

"사람은 모두 달라. 모두가 뉴턴 같을 수는 없지."

"내 친구가 뉴턴의 시간을 옮기는 일을 끝낸 후 나와 함께 낚시를 한 적이 있어. 뉴턴도 사람이기에 실망스러운 부분도 있었지만 그를 천재로 볼 수 있게 된 건 그의 명석함과 화려한 업적 때문만은 아니라고 했어. 자신의 업적을 이루어 가는 과정에서 보인 엄청난 집중력과 노력 때문에 그를 존경한다고 하더군. 그 친구도 자네만큼 뉴턴을 좋아했지."

"그 후로 가끔씩 내 친구에게 뉴턴의 안부를 물었어. 뉴턴이 마지막으로 남긴 말을 나에게 적어 주더군. 어디 한번 찾아 볼까?"

반고 할아버지는 침실에 들어가 회색 옷 주머니에서 종이 한 장을 꺼내 갖고 나왔다.

"내가 뉴턴 목소리로 읽어 주지."

할아버지는 목소리를 다듬고 종이를 읽기 시작했다.

"세상 사람들은 나를 어떻게 보고 있는지 모르나 나 자신은 내가 마치 바닷가에서 놀면서 때로는 좀 부드러운 잔돌이나 아름다운 조개껍데기를 발견한 어린아이라고밖에 생각하지 않는다. 그리고 내 앞에는 아직 충분히 알아내지 못한 진리라는 큰 바다가 그냥 그대로 놓여 있다."

모링은 뉴턴의 목소리를 들은 적이 없으니 반고 할아버지가 얼마나 비슷하게 흉내를 내시는지 알 수는 없었다.

"그 겸손함에 고개가 더 숙여지네요."

"뉴턴은 엄마 배 속에서 열 달을 모두 채우지 못하고 태어났거든. 더구나 아버지는 뉴턴이 태어나기 석 달 전에 세상을 떠났고, 어머니는 재혼을 했지. 뉴턴은 할머니와 단둘이서 살았어. 뉴턴은 어릴 적부터 많이 외로워서 어딘가에 몰두해야만 했을 거야. 뉴턴의 외로움이 컸기에 그가 이루어 낸 결과물이 더욱 대단한 건 아닐까 싶어."

"뉴턴도 어떤 면에서는 저랑 비슷하네요."

"그런 것 같군. 참 뉴턴도 말이야, 너처럼 학교를 가지 않고 시골에 내려와 산 적이 있어. 유럽 전역에 페스트가 유행해서 뉴턴이 다니던 대학교도 한동안 문을 닫아야 했거든."

"그래요?"

뉴턴은 2년 가까이 시골에 머물면서도 연구를 게을리하지 않았어. 물론 자신의 연구를 빼놓지 않고 기록해 놓았지. 뉴턴은 그때 만유 인력 법칙을 비롯해 이항 정리와 미적분학까지 정립했단다. 근대 과학의 선구자로 거듭나는 눈부신 업적을 한적한 시골에서 이룬 거야."

"뉴턴과 같이 근사한 연구는 아니지만, 저도 일기를 매일 꼬박꼬박 쓰고 있어요."

"정말 너는 여러 면에서 뉴턴과 닮았어. 어쩌면 비슷해서 좋아한 건 아닐까? 하지만 네가 아직 뉴턴을 따라가지 못하는 한 가지가 있지. 그게 뭔지는 한번 생각해 보렴."

자전거를 신나게 타고, 반고 할아버지에게 뉴턴과 자신이 비슷하다는 최고의 찬사를 받았기 때문일까? 할아버지를 만난 날 중 가장 활기찬 하루를 보낸 모링은 저녁을 먹고 여전히 들뜬 상태로 방에 올라왔다. 콧노래를 흥얼거리며 일기장을 펼쳤다.

'오늘의 이 벅찬 감정을 어떻게 담을 수 있을까? 동영상으로 담으면 표정과 목소리로 내가 어떤 상태인지 설명이 없어도 알 수 있으니 동영상 일기를 남기는 건 어떨까?'

하지만 일기를 노트북으로 쓰지 말자는 처음의 생각대로 펜을 들어 종이에 일기를 쓰기로 했다. 다만 2차원의 평면에 선으로 이루어진 글씨로 자신의 마음을 담는 과정에서 지금의 감정이 생략되지 않도록 더 섬세하게 마음을 들여다보기로 했다. 그러다 보니 일기는 쓸수록 더 가식 없이 솔직해지는 것 같았다.

나는 겁쟁이였다.

오늘 일기의 첫 문장을 썼다. '겁쟁이'는 넘어지는 게 두려워 다시
자전거를 타지 않던 자신을 가장 잘 나타낸 단어였다.

어른이라고 늘 우기고 다니면서도 정작 다칠까 두려워
시도를 하지 않는 것은 비겁한 모습이었다. 나는 자전거
뿐 아니라 어쩌면 지금 겪고 있는 문제를 정면으로 극복
하지 않고 회피하고 있는 건 아닐까?

'한 가지만 더 극복하면 더 뉴턴에 가까워질 거라는
할아버지의 말씀도 어쩌면 피하지 않고 아빠와의 이별을
제대로 해야 된다는 말씀은 아닐까? 아빠와의 이별을 피
하지 않는 것이 곧 내 안의 어린 나와 이별을 해서 진짜
어른이 되는 과정은 아닐까?'

모링은 답을 모르는 질문을 자신에게 계속했다. 질문에 답을 하
기 위해서는 자신을 돌아보며 마음속 상처를 제대로 들여다봐야
했다. 질문을 던지고 답을 찾아 가는 과정에서 자신이 더 단단해지

는 것은 아닐까 생각했다. 그리고 그 과정에서 혼란스럽던 마음이 정리되면서 치유되는 것 같았다. 그것은 큰돈을 들여 상담을 한 스노버 선생님도 못 한 일이다.

'어쩌면 답은 늘 내 안에 있던 것이 아닐까? 그것을 찾는 건 자신만이 할 수 있는 일이 아닐까? 다른 사람 신경 쓰느라 정작 자신을 들여다보는 일을 소홀히 해서 상처가 더 곪아 버린 것은 아닐까?'

질문을 계속 할수록 자신이 왜 신문에 집착하고 사과 가방을 들고 다녔는지를 솔직하게 말할 수 있을 것 같았다. 부끄럽고 얼굴이 빨개졌다.

'사람들은 다 알고도 모른 척을 해 준 걸까?'

다행히 방 안에 혼자뿐이어서 자신이 깨지고 무너지면서 다시 태어나는 과정을 보는 사람이 아무도 없다는 것에 감사하며 일기의 마지막 한 줄을 적었다.

이제 사과 가방을 넣어 둘 장소를 찾아야겠다.

10
슬픈 기억

아침이 되었는데도 밤같이 어두웠다. 먹구름이 온 천지를 뒤덮었다. 아침이 되면 자전거를 타고 동네를 한 바퀴 돌려던 모링은 계획을 접고 엄마가 도서관에서 가져온 과학 잡지를 봤다. 잡지 속에는 공상 과학 영화에서나 일어날 일들을 현실로 만드는 사람들의 이야기가 가득했다.

'아빠도 살아 계셨다면 이런 일을 하셨을 텐데…….'

모링은 이렇게 학교도 안 가고 집에만 있는 자신을 아빠가 보면 어떨까 부끄러운 생각이 들었다. 그럼에도 모링에겐 아직 학교를 갈 수 있는 용기가 부족했다.

키엘이 출근하자 모링은 반고 할아버지 댁으로 갔다. 할아버지는 작업장에 계셨다.

"뭐 만드시나 봐요?"

"응! 네가 자전거도 탈 수 있게 되었으니 선물 하나 해 주려고."

"바람개비예요?"

"응, 내 자전거에 달린 것보다 작은 크기로 하나 만들어 주마."

"감사합니다. 그런데 할아버지! 그 뉴스 보셨어요?"

"어떤 뉴스?"

"사람의 기억을 별도의 컴퓨터 장치에 옮기는 기술이 성공했대요! 컴퓨터에 기억을 저장할 수 있으니 삭제하지 않는 한 평생 기억할 수 있게 된 거예요."

"좋은 점이 뭐지?"

"치매 환자나 갑작스러운 사고로 기억을 잃은 사람들의 기억을 재생할 수 있겠죠."

"많은 사람들에게 기쁨을 주겠군. 하지만 반대로 생각해 보면 기억하고 싶지 않은 기억이 오래 남게 되지 않을까?"

"그런 기억은 삭제 키를 누르면 되잖아요."

"그렇군. 하지만 난 옛날 사람이라 그런지 자연스러운 게 가장 좋을 것 같다는 생각이 든다. 잊게 되는 건 잊혀질 만한 게 아닐까?"

"그런가요?"

"혹시 그 기술이 우리 곁에 온다면 지우고 싶은 기억이 있니?"

모링은 잠시 뜸 들이다 말했다.

"아빠가 돌아가신 날의 기억을 지우고 싶어요."

모링의 말을 들으니 모링이 그 뉴스를 왜 그렇게 반겼는지 알 수 있었다.

"할아버지도 혹시 지우고 싶은 기억이 있으세요?"

반고 할아버지는 나무 바람개비를 만드는 일을 잠시 멈추셨다.

"있지, 왜 없겠어. 시간이 약이라지만 이상하게도 나이가 들면 들수록 더 생생해지는 기억이 있더라고."

"그래요?"

"자신의 양심에 어긋나게 행동한 일은 더 생생하게 기억에 남아 평생 죄책감을 느끼도록 하는 벌을 받는 게 아닌가 싶구나!"

"할아버지도 양심에 어긋나는 일을 하신 적이 있으세요?"

"부끄럽지만 그렇단다."

항상 반듯한 할아버지에게 그런 과거가 있었다니 의외였다.

"지우고 싶어도 지워지지 않는 기억도 있더라고."

모링은 입으로는 아무 말도 하지 않았지만 눈으로 할아버지에게 그게 언제냐고 묻고 있었다.

"1771년, 나에겐 가장 지우고 싶은 해야."

'도대체 어떤 일이 일어난 것일까?' 늘 궁금한 것을 참지 못하는 모링이었지만, 이번만은 할아버지께서 말씀해 주실 때까지 기다려야겠다는 생각을 했다.

"1771년에 나는 러시아의 상트페테르부르크에 있었어. 그해 예상치 못한 큰 화재가 도시 전체를 휩쓸었지."

'설마 그 불을 할아버지가 내신 건가?'

모링은 속으로 생각했다.

"그해 나의 안일함 때문에 내가 시간을 옮기는 사람이 위험에 빠질 뻔했어."

"할아버지같이 부지런한 분이 그럴 리가요?

"지금의 나는 그럴 리 없겠지만 그때의 나는 그랬단다."

모링은 더는 참지 못하고 궁금한 것을 입 밖으로 내뱉었다.

"그 사람이 누구예요?"

"오일러."

"오일러는 부엉이란 뜻이 아니에요?"

"모링은 독일어도 할 줄 아니?"

"부엉이를 독일어로 오일러라고 한다는 것 정도만 알아요."

"오일러는 수학의 역사에서 가장 많은 논문과 책을 남긴 분이야. 베스트셀러 작가이기도 하지. 아마 모링 아버지도 수학과 과학에 관심이 많으셨으니 서재에 그 책이 있었을지도 몰라."

"아버지의 책은 그대로 집에 있어요. 찾아 볼게요. 어떤 책인데요?"

"『독일 공주에게 보내는 편지』라는 책이지. 어쩌면 최초의 과학 교양서가 아닐까?"

"엥? 제목이 의외인데요? 공주에게 사랑 고백이라도 한 건가요?"

"하하, 글쎄 그건 그 두 사람만 아는 거겠지."

"그럼 편지 내용이 뭔데요?"

"오일러가 한때 독일 공주에게 기초 과학을 가르치는 일을 했거든.

그 과정에서 주고받은 편지글이라 보면 돼. 자신이 많이 안다고 다른 사람이 쉽게 이해하도록 설명하는 것은 아니잖아. 하지만 오일러는 수학 이론을 누군가에게 쉽게 이해시키는 능력이 탁월했지."

"학교에도 유난히 쉽게 잘 가르쳐 주시는 선생님들이 있죠."

"오일러 생각이 나서 지난번에 도서관에 갔었어. 그때 키엘도 잠깐 만났지. 오일러가 생전에 낸 문헌들을 모아서 만든 전집 시리즈를 봤는데, 지금도 계속 새 책이 나온다고 하더군. 수학자 라플라스는 제자들에게 오일러는 모든 면에서 우리의 스승이라고 입버릇처럼 말하고 다녔어. 스위스에서 오일러는 지금도 여전히 인기가 대단해. 국민 영웅이야."

"오일러는 모든 수학자들의 선생님이군요."

"그래. 내가 시간을 옮긴 사람들 중에 대단하지 않은 사람은 없지만 기억력만은 단연 오일러가 최고였지. 그러다 보니 나에겐 늘 긴장의 연속이었어. 지난번에도 말했지만 기억력이 좋은 사람들의 시간을 옮기는 일은 한 치의 실수도 허용하지 않거든. 평범한 사람들은 가끔 내가 실수로 물건 하나를 옮기지 않아도 자신의 건망증 탓으로 돌리는 경우가 있지만, 오일러는 절대로 그럴 수 없었다는 거지. 내가 실수를 했다면 오일러는 분명히 이상한 낌새를 차렸을 거야."

"그렇게 기억력이 대단했나요?"

"라틴어로 된 서사시 열두 권을 짧은 시간에 통째로 암기할 수 있었어. 책의 각 쪽마다 무슨 말로 시작하고 끝나는지 알 정도로 말야. 특별한 노력을 들인다기보다 한 번 읽거나 들은 것을 거의 완벽하게 기억해 내던 것 같아."

"와! 부럽다. 그런데 도대체 무슨 일이 일어난 거죠?"

모링은 조심스럽게 물었다.

"음……, 1771년에 오일러는 시력을 모두 잃은 상태였거든."

"아니 어쩌다가 그렇게 됐어요?"

"음……, 프랑스과학원에서 오일러에게 천체역학에 관한 문제를 풀어 줄 것을 요청해 왔어. 다른 수학자들이었으면 여러 달이 걸릴 문제였는데, 오일러는 강력한 집중력으로 3일 만에 해결했어. 하지만 그렇게 하자니 얼마나 과로에 시달렸겠어. 과로로 체력이 떨어지고 설상가상으로 열병까지 걸렸지. 열병을 앓고 나서 오른쪽 시력을 먼저 잃었어."

"아! 안타깝네요."

"그러다가 나머지 눈에 백내장이 생겨 두 눈이 완전히 멀게 된 거지."

"그런데 어떻게 그 많은 연구를 계속할 수 있었어요?"

"눈은 멀었지만 경이로운 기억력과 집중력은 두 눈이 모두 보이는 사람과 크게 차이가 없었어."

"그런데 시력을 잃은 것과 화재가 관계가 있었나요?"

"구차한 변명이지만 오일러의 시간을 한 치의 오차 없이 옮기면서 나도 많이 정신적으로 지쳤었나 봐."

"그래서요?"

"오일러의 두 눈이 모두 시력을 잃게 되면서 내 마음에 동요가 일어났어. 어차피 보지 못하니까 내가 시간을 바로바로 옮기지 않아도 잘 모를 것이란 생각을 했지."

"할아버지가 그러셨다니 믿기지가 않아요."

"그래. 이런 이야기를 하니 부끄럽구나! 변명의 여지가 없어."

할아버지는 괴로운 표정을 지으며 말을 계속 이어 갔다.

"오일러가 한자리에 머물 때 나는 평소처럼 계속해서 움직이지 않았어. 어떨 때는 느긋하게 장면을 옮기기도 했지. 그때 오일러가 시계를 볼 수 있었다면 장소는 그대로지만 시곗바늘이 가만히 있다가 갑자기 몇 분을 쓱 건너뛰는 것을 알아차렸을 거야. 두 눈을 잃은 오일러는 내 생각대로 시간의 장면이 끊어지는 것을 몰랐어."

"그런데 시간이 화재와 무슨 관계가 있는 건가요?"

"시내에서 일어난 화재가 오일러 집에도 옮겨붙었어. 시간의 모든 장면을 원래 속도대로 옮겼으면 집에 불이 붙은 바로 그 순간 오일러도 알았을 거야. 하나의 감각이 꺼지면 다른 감각은 더 잘 기능을 하니까 말야. 눈이 보이지 않았어도 냄새로 바로 불이 난 것을 알고 대피를 시도했겠지. 그런데 내가 시간의 모든 장면을 늦게 옮기게 되면서 불이 집에 많이 번진 후에야 시간을 옮기게 되었어. 너무 늦게 옮긴 거지."

"인터넷 연결이 잘 되지 않아 버퍼링이 걸린 것과 같은 현상이었군요."

"맞아. 나 때문에 시간의 버퍼링이 걸려서 이미 불이 번진 다음으로 시간이 옮겨진 거야. 오일러는 나 때문에 불이 난 걸 너무 늦게 알았어."

"어떻게 되었어요?"

모링은 눈이 커졌다. 이대로 갔다면 정말 대형 사고라 생각했다.

"결론부터 말하면 오일러의 하인이 자신의 위험을 무릅쓰고 불 속에서 눈이 먼 채 무서워하고 있는 오일러를 구출했어."

"휴……, 정말 다행이에요."

모링은 자신의 일이라도 된 듯 안도의 한숨을 쉬었다.

"난 그 불길에서 공포에 떨던 오일러를 잊을 수 없어. 어찌할지 모르고 두려움에 떨면서 얼마나 자신의 처지를 비참하게 생각했을까? 도대체 내가 뭐라고 한 사람의 존재를 비참하게 만들었는지 지금도 너무 후회가 된단다. 그 일로 인해 천재들의 시간을 옮긴 내 경력에 흠집이 난 것은 아니지만 난 평생 씻을 수 없는 죄책감을 갖게 되었지."

"그래서 그 기억을 지우고 싶으신 거군요."

이야기를 하는 반고 할아버지의 모습이 너무 슬퍼 보였다.

"응, 오일러가 건강할 때였다면 이만큼 미안하지는 않았을 거야. 내 속에 장애인을 깔보거나 하찮게 여기는 마음이 있었을지도 모른다는 생각이 들어서 지금도 나 자신이 수치스러워."

"그래도 다행이에요. 오일러가 구출되어서요."

"응, 오일러가 무사히 나온 덕분에 오일러뿐 아니라 나도 제2의 인생을 살게 되었어. 난 더더욱 열심히 오일러의 시간을 옮겼어. 오일러의 시력이 연구에 장애가 되지 않도록 두 배의 노력을 했지. 오일러는 시력을 잃었음에도 후배나 비서를 통해 자신의 연구 결과를 기록했어. 오일러의 후배 학자들과 비서들 가운데에서 나처럼 잠깐이라도 나태한 생각을 한 사람은 없었지. 오일러는 논문 900편과 연구 보고서, 책을 발표했는데, 그중 절반이 실명 상태에서 완성한 거야. 그리고 18세기의 중후반부에 수학, 물리학, 천문학, 공학에 관해 쓰인 연구 자료의 3분의 1이 오일러가 집필한 거야. 오일러는 죽는 날까지 연구를 계속하며 18세기는 오일러의 시대임을 다시 한번 확인시켜 주었어. 그의 시간을 옮긴 것이 나에겐 영광스러운 일이 되었지."

"오일러는 완전히 사기 캐릭터네요."

"기억을 컴퓨터로 옮기게 되면 아빠에 대한 슬픈 기억을 지우고 싶다고 했지? 하지만 가만히 돌아보면 나를 성장하게 한 것은 오히려 나를 힘들게 하던 기억들이란다."

"글쎄요. 저를 힘들게 한 일들이 왜 하필 저에게 일어났는지 원망만 했을 뿐이지 한번도 저를 성장시킨다는 생각은 못 했어요."

모링은 고통스러운 경험이 자신을 성장시킨다는 할아버지의 말씀이 조금 아리송했다.

"저도 할아버지처럼 그렇게 생각하게 되는 날이 올까요?"

반고 할아버지는 깊은 눈빛을 담은 미소만 살짝 짓고는 나무판을 다시 손질하기 시작했다. 바람개비의 본을 뜨고 전기톱으로 나무판을 잘랐다. 할아버지가 톱질을 하는 모습은 아슬아슬해 보였다. 할아버지는 톱으로 자른 부분을 사포로 문지르고 입김을 불어 깔끔하게 다듬었다. 할아버지가 작업에 몰두할 때는 고요한 침묵이 흘렀다. 할아버지의 이야기가 모링에게 미치는 영향이 적지 않음을 알기에 할아버지는 이야기 하나하나에 신중을 기했다. 그 신중함은 때로 오늘 같은 침묵으로 나타나는데, 어쩌면 사람들은 침묵을 통해 더 많은 것을 전할 수도 있음을 모링은 알게 되었다. 바람개비가 거의 다 되어 갈 때쯤 입을 삐죽 내밀며 작업에 집중하던 할아버지가 모링에게 말했다.

"내가 오일러의 시간을 옮기면서 가장 크게 깨달은 게 뭘 것 같아?"

"그야 '천재는 위대하다'가 아닐까요?"

모링의 주저 없는 대답에 할아버지는 고개를 좌우로 저었다.

"천재들의 뒤에는 드러나지 않아도 묵묵히 최선을 다하는 더 위대한 사람들이 있었는데, 역설적이게도 그들은 가장 평범한 사람들이었다는 거야."

세상의 주인공은 천재라고 알고 있던 모링에게 할아버지의 답은 아주 의외였다. 늘 할아버지보다 더 많이 재잘거리던 모링은 조용히 깊은 생각에 빠져 할아버지가 일하는 모습만 물끄러미 바라봤다.

저녁을 먹고 방으로 올라와 창밖을 보니 아무것도 보이지 않고 커다란 빗방울이 유리 창문을 두드리고 있었다. 빗소리가 이렇게 좋았던가? 모링은 넋을 놓고 무심하게 툭툭 떨어지는 빗방울 소리를 들었다. 빗방울이 모링의 마음에도 툭툭 떨어지는 것 같았다.

'1771년 반고 할아버지의 마음속에도 이 빗방울과 같은 후회의 눈물이 흘렀겠지.'

모링은 일기장을 꺼냈다. 오늘은 사람을 무시하지 않고 실수라곤 하지 않으실 것 같던 할아버지의 가장 부끄러운 이야기를 들은 날이었다. 할아버지의 기억을 적다 보니 할아버지의 이야기를 모아 돈을 벌어 보려고 마음먹고 있는 자신이 너무 못되게 느껴졌다. 자신의 가장 아픈 부분까지 진실하게 말해 준 사람을 배신하는 일이란 생각이 들었다. 지금까지 들어 온 이야기를 혼자만 알고 있는 게 아깝기는 했지만, 돈은 나중에 다른 것으로 벌고 할아버지의 이야기를 공개하는 일은 하지 말아야겠다고 모링은 생각했다.

오늘을 돌아보며 모링은 자신의 슬픔만 가장 크고 힘들 줄 알았는데, 어쩌면 세상 사람들은 내가 갖고 있는 슬픔보다 더 큰 슬픔을 하나씩 갖고 있을지 모른다는 생각이 들었다. 할아버지의 이야기를 들으니 사람들에게 인정받아 마냥 행복했을 것만 같던 천재들조차도 슬픔과 어려움은 있었다. 그리고 늘 인자하고 평화롭던 할아버지에게도 감추고 싶은 슬픔이 있었다. 아름답고 곱게만 자라셨을 것 같은 엄마도 큰 슬픔을 안고 있다. 어쩌면 어른이 된다는 것은 슬픔을 담을 그릇을 더 크게 만들어 가는 과정이 아닐까 하는 생각이 들었다. 이렇게 생각을 끄적이다 보니 자신을 힘들게 하던 일이 자신을 성장시킨다는 할아버지의 말씀을 약간은 이해할 수 있을 것 같았다.

> 결국 기억 속의 상처나 마음의 그림자조차 나를 만들어 가는 재료가 아닐까?

　모링은 기억을 자유자재로 지울 수 있는 시대가 와도 아빠가 돌아가신 날의 기억을 지우지 않을 거라 다짐했다. 아빠로 인해 남은 슬픈 기억 또한 자신에게 남아 있는 아빠의 모습인데, 자신을 슬프게 한다고 지우는 것은 아니라는 생각에서였다. 열네 살의 나이에 어른이라 말하고 다니면서도 한 가지 슬픔도 담을 수 없어 이렇게 자기 자신도 엄마도 힘들게 만드는 스스로가 부끄러워졌다. 어느새 비는 멈추고 숨어 있던 별들이 나타나 한심하게 자신을 내려다보는 것만 같았다.

11
꿈

"많이 아팠겠네."

반고 할아버지는 걱정스러운 눈빛으로, 침대에 누워 있는 모링의
얼굴을 부드럽게 쓰다듬었다.

"어쩌다 이렇게 꼼짝없이 갇히게 된 거니?"

"새벽에 자전거를 타고 보리밭 길을 달리다가 돌부리에 걸려 그만
넘어졌어요."

"저런, 아직 많이 서툴 텐데."

"재미있어서 의욕이 앞섰네요."

모링은 머쓱한 표정을 지었다.

"그래도 뼈에 이상이 없다니 다행이야. 어머니께서 걱정이 많으시
겠군."

"전혀요! 원래 자전거는 몇 번씩 넘어지면서 타는 거라고 하시던

데요?"

"그렇게 말씀하시니 자전거를 가르쳐 준 내가 더 미안해지는걸."

"전혀요! 오히려 아빠가 계셨으면 진작에 가르쳐 주셨을 텐데, 엄마가 가르쳐 주지 못해서 미안하다고 하셨어요."

"내가 미안해할까 봐 그렇게 말하는 거지. 사려 깊은 키엘."

"엄마가 하루 잘 쉬면 나아질 거래요. 오히려 저 때문에 이렇게 오시게 해서 죄송해요."

"급한 일도 없는데 뭘."

"방이 너무 지저분하죠? 아파서 청소를 못 했어요."

"내 작업실을 보면서도 그렇게 생각했겠군."

보리밭이 보이는 창문과 가까이 있는 책상 위에는 사과 가방과 다양한 글씨체로 출력된 인쇄물과 모링이 직접 쓴 글씨가 적힌 종이가 널부러져 있었다.

"이 종이들은 뭐지? 네가 쓴 글이니?"

"아니요, 영화를 보다가 맘에 들어서 적어 놓은 문장이에요."

"읽어 봐도 될까?"

반고 할아버지는 목소리를 가다듬고 문장을 읽기 시작했다.

"오! 잊혀진 것들! 돌 하나 잎 하나 미지의 문 하나. 하나의 돌 하나의 잎 하나의 문에 대하여. 그리고 잊혀진 모든 얼굴들에 대하여. 우리 중 누가 그의 형제를 아는가? 우리 중 누가 아버지의 진심을 아는가? 영원히 낯설지 않고 홀로 되지 않을 자 누구인가?"

반고 할아버지는 눈썹을 지그시 올렸다 내리며 만족스러운 미소를 지었다.

"좋구나!"

"그렇죠?"

"엄마랑 같이 본 영화에서 나온 문장이에요."

"영화?"

"엄마는 도서관에서 근무하시니까 책과 관련된 영화를 많이 고르시죠. 그 덕에 좋은 영화를 많이 봐요. 이번에는 작가와 그의 원고를 처음 읽고 출판을 결정한 편집자의 이야기를 다룬 영화였어요."

"작가라면?"

"토머스 울프요."

"이 문장이 토머스 울프의 글인가?"

"네, 토머스 울프가 검토해 달라는 원고의 첫 문장이에요."

반고 할아버지는 다시 한번 읽어 내려갔다.

"토머스 울프도 아버지가 병으로 돌아가셨는데, 늘 아버지를 그리워했나 봐요. 5000쪽에 걸친 그의 원고에는 아버지를 향한 그리움이 가득했어요."

"토머스 울프의 글 속에서 네 심정을 읽었겠구나."

모링은 잠시 말을 잇지 못했다.

"모링, 아빠가 많이 그립지?"

몸이 아프니 마음이 약해졌는지 모링이 애써 쌓아 올리던 슬픔의 방어벽이 와르르 무너졌다.

모링의 눈에 눈물이 고였다.

"아빠가 정말 보고 싶어요."

눈물이 뚝뚝 떨어졌다.

"솔직하게 말하니 애 같아서 좋구나."

반고 할아버지는 모링이 충분히 슬퍼할 수 있는 시간을 주기 위해 아무 말도 걸지 않았다. 창문 너머로 보리밭을 바라보기도 하고, 책꽂이에 꽂힌 책을 보기도 하다가, 책상 위에 놓인 인쇄물을 만지기도 했다.

소리 없이 한참을 울던 모링이 말했다.

"왜 그런지 엄마 앞에선 아빠가 보고 싶다는 말을 더 못 하겠어요."

"엄마가 슬퍼할 것 같아서겠지. 자네는 효자니까."

"엄마가 불쌍해요. 저 때문에 더 고생하시는 것 같고요. 엄마 앞에서는 솔직하게 말씀드리는 게 쉽지 않아요."

"하지만 엄마는 솔직한 모링을 더 좋아하실 거야."

"그럴까요?"

"슬픔을 애써 참는 모습을 지켜보는 것이 더 가슴 아프실 거야."

모링은 말을 잇지 못했다.

"고통은 아이다움을 빼앗아 가기 쉽지. 그러면서 철이 들지만 그래도 아이는 아이답게 커 가기를 엄마는 바라실 거야."

"네."

모링의 흐느낌이 점차 잦아들었다. '열네 살 어른의 허세'가 이렇게 또 할아버지 앞에서 무너졌다. 모링은 부끄러웠다.

"설마 다친 데가 아파서 운 건 아니지?"

반고 할아버지의 썰렁한 유머에 모링이 웃었다.

"울다가 웃으면 엉덩이에 뿔이 난다고 하던데……."

반고 할아버지는 모링의 기분을 풀어 주고 싶어서 가벼운 농담으로 화제를 돌렸다.

"다른 것도 읽어 볼까?"

반고 할아버지가 책상 위 또 다른 종이 한 장을 집어 들었다.

"종이는 여러 장이긴 하지만 문장은 모두 같아요."

"글씨체를 바꿔 가며 출력을 했군. 문장이 정말 마음에 들었나 봐. 안 그래?"

"문장이 제 맘에 꼭 들긴 했지만 다른 이유도 있어요."

"뭔데?"

"비웃지 않으신다고 먼저 약속해 주시겠어요?"

"그럼 잠깐만. 하, 하, 하."

반고 할아버지는 로봇 같은 웃음소리를 낸 후에 말했다.

"미리 비웃고 듣겠네."

반고 할아버지는 어떨 때는 장난꾸러기 같았다.

"사실 오래전부터 생각해 온 게 있어요."

반고 할아버지는 모링을 쳐다봤다.

"잉크를 아낄 수 있는 글씨체를 생각했어요."

"잉크?"

"같은 문장도 어떤 글씨체이냐에 따라 사용되는 잉크양이 다르잖아요."

"그렇겠지. 그런데 그 차이가 그렇게 클까?"

"울프처럼 5000쪽을 출력한다면 차이가 적지는 않아요."

"그렇겠군."

"그래서 글씨체와 그에 따라 사용되는 잉크양을 계산해 봤어요."

"매우 흥미로운데?"

"서체를 타임스 뉴 로만체에서 가라몬드체로 바꾸기만 해도 이론적으로는 수만 달러를 절약할 수 있죠."

"대단해! 어떻게 그걸 계산해 볼 생각을 했어? 천재다, 천재."

"정말요? 전 쓸데없는 짓을 한다는 소리를 들을까 아무한테도 말 못 했는데."

"내가 시간을 옮긴 어떤 천재들의 이야기보다도 흥미로워."

반고 할아버지의 칭찬에 모링은 자신감 있는 목소리로 말을 이어 갔다.

"아빠는 수학도 가르쳐 주셨지만 자연이 얼마나 소중한지 늘 말씀해 주셨죠. 그것을 지켜 나가기 위해 어떤 행동을 해야 하는지도요. 이 집으로 이사 온 후 보리밭의 푸르름은 저에게 큰 위로가 되었거든요. 책상에 앉을 때마다 창밖을 바라보면서 자연을 지켜야겠다는 생각이 더 들었어요. 그래서 제 방식대로 자연에 도움이 되는 것을 생각해 본 거예요."

"나 혼자만 듣기엔 너무 멋진 생각이야, 모링."

반고 할아버지의 칭찬에 고무된 모링은 여러 장의 종이 가운데서 자신이 직접 쓴 것을 찾았다.

"이것은 제가 더 경제적인 글씨체를 한번 만들어 보고 있는 거였어요."

"활자에 관심이 많았군."

"네, 필요한 책은 엄마에게 부탁드리고 나름 독학을 하면서 글씨체를 만들어 가고 있어요. 기회가 되면 타이포그래피를 더 공부하고 싶어요."

모링은 마음속에 숨겨 둔 자신의 꿈을 할아버지와 나누었다.

"선으로 이루어진 글씨체 하나로 더 나은 환경을 가진 세상을 만들 수 있다니. 대단해, 모링."

"아빠도 좋아해 주셨겠죠?"

모링은 자신이 개발하고 있는 글씨체를 들여다보며 말했다.

"아빠는 자네를 정말 자랑스러워하실 거야."

"하지만 학교도 안 가고 있는 저를 보면 한심해하실지도 몰라요."

"너를 이해하실 거야."

"아빠가 돌아가시고 사람들의 시선이 달라졌죠. 아빠가 돌아가신 후 학교에서 친구들과 싸운 적이 있어요. 그중 한 아이의 어머니께서 저한테 아빠 없는 아이라 교육을 제대로 받지 못해 그런 거라는 말을 하셨죠. 무엇보다 엄마까지 들먹이며 비난하는 것을 도무지 이해할 수 없었어요. 저는 그대로인데 말이죠."

"힘든 시절이었겠군."

"네, 그 시절 이야기를 하는게 고통스러워서 일부러 피했어요. 아빠와의 추억을 떠올리며 눈물을 보이는 나약한 아이가 되기 싫었죠. 아빠가 생각나는 물건은 모두 상자에 담아 치웠어요. 처음엔 버리려고 했어요. 또 마음 약해지는 일이 없도록 하기 위해서요. 하지만 차마 그렇게는 못 했어요. 대신 상자에 일부러 관심을 두지 않는 쪽을 택했죠. 그게 속이 편했어요."

"그렇군."

"하지만 이제 저도 조금 달라졌어요."

"무슨 뜻이지?"

"적어도 아빠와의 추억이 담긴 상자를 의식하지 않으려고 일부러 애쓰지는 않아요."

"그래?"

"할아버지가 들려주신 천재들의 삶을 통해 깨달은 게 많아요. 또 할아버지와 시간을 보낼 때 문득문득 아빠 생각이 났거든요? 그때마다 일부러 억누르지 않고 기억나는 대로 자연스럽게 받아들이니 마음이 편해지더라고요. 그러면서 자연스럽게 상자가 어디 있는지도 알고 싶어졌죠. 할아버지께서 아르키메데스 이야기를 해 주신 날에 상자가 어디 있는지 엄마께 여쭤봤어요. 상자의 존재를 피하지 않고 다시 받아들이는 것이 저에겐 많은 용기가 필요한 일이었는데……, 그만큼 용기를 낸 것은 모두 할아버지 덕분이에요."

"무슨 소리, 그건 모두 자네가 그 힘든 일을 견뎌 낼 수 있는 그릇을 이미 지니고 있기 때문이겠지."

"상자를 피하지 않는 용기를 내었는데도, 상자를 열어 과거의 기억을 다시 들여다볼 용기를 내야 할지 아니면 지금처럼 묻어 둬야 할지는 여전히 고민 중이에요."

모링의 깊은 마음속 이야기가 방을 가득 채웠다. 얼굴에 드러나는 다양한 표정에서 모링이 얼마나 고민을 깊게 하고 있는지 읽을 수 있었다. 진지하게 말하는 모링의 얼굴을 한참 바라보던 할아버지가 말했다.

"자네와 얼굴이 아주 많이 닮은 수학자가 있었지."

"네?"

"내가 처음 너를 만났을 때 단박에 그 사람을 떠올렸을 정도로."

"누군데요?"

"아벨이라는 노르웨이 수학자야."

"아벨이요?"

모링은 잘 모르는 수학자인 것 같았다.

"아벨은 일곱 자녀 중 둘째로 태어났어. 원래 집안의 둘째들은 집안일을 많이 하면서 크잖아. 아벨도 마찬가지였지. 형이 있어도 집안일은 아벨이 많이 했어. 아벨의 어머니는 키엘처럼 상당한 미인이셨는데, 남편과 함께 오래 살지는 못했어. 아벨의 아버지는 아벨이 열여덟 살 때 세상을 떠났거든."

"그 부분도 저랑 닮았네요."

"그렇게 볼 수도 있겠군. 안 그래도 당시 노르웨이는 영국과 스웨덴의 전쟁으로 아주 가난했었는데, 아버지마저 돌아가시자 생계가 너무 어려웠어. 어머니 혼자만으로는 나머지 형제들을 먹여 살리는 게 쉽지 않았어."

"아벨은 저보다 더 힘들었겠군요."

"그래도 아벨은 자신의 처지를 비관하지 않았어. 긍정적으로 자신이 해야만 하는 것들을 받아들이고 자신이 돈을 벌 수 있는 방법을 생각했지."

"저는 그렇지는 못했는데……"

모링은 말끝을 흐렸다.

"어떻게 돈을 벌었어요?"

"자신의 기쁨인 수학으로 돈을 벌었지."

"수학으로 돈을요?"

자신과 비슷한 아벨이 10대 때 어떻게 돈을 벌었는지에 대해 모링은 관심이 갔다.

"아벨은 어려서부터 특별해 보이지는 않았어. 내가 시간을 옮긴 다른 천재들처럼 어릴 적부터 재능을 보이진 않았거든. 열다섯 살이 되어서야 수학에 대한 재능이 있음을 깨달았어. 하지만 수학에 흥미를 붙인 다음부터 닥치는 대로 뉴턴이나 오일러가 쓴 수학 책을 혼자 읽고 공부를 하더니, 그 모든 내용을 익히는 데는 오랜 시간이 걸리지 않더군. 그때 아벨의 모습은 모든 것을 다 빨아들일 기세였지."

"수학 공부를 한 게 어떻게 돈이 되었나요?"

"지금으로 말하면 과외를 했어."

"그때도 과외가 있었나요?"

"그럼, 당시에도 부유층 자녀들은 공부가 필요하면 유능한 개인 교사들을 두었거든. 어린 나이이지만 아벨의 수려한 외모와 수학 실력은 널리 소문이 났지."

"잘나가는 얼짱 과외 선생님이었군요."

"그렇다고 해야 하나?"

"하지만 전 학교를 나가지 않고 있으니 그렇게 되지는 않겠네요."

"사람의 일은 모르는 거지."

"아벨의 시간을 옮기면서 가장 기억에 남을 때는 언제셨어요?"

"아벨이 자신이 쓴 논문에 대한 피드백을 받은 날이었어."

"논문이 뭐예요?"

"논문은 학자가 자신이 이러이러한 것을 연구했다는 것을 적은 글이야. 아벨은 5차 방정식도 1차, 2차와 같은 근의 공식이 존재할 것이라는 확신을 갖고 연구를 했어. 어떤 5차 방정식이라도 풀 수 있는 답을 찾으려 한 거지. 그리고 나름 확신을 갖고 찾은 방법을 논문으로 썼는데, 논문이 거절된 거야. 자신의 풀이에 자신만만하던 아벨은 자존심이 상했지만 이에 굴하지 않고 5차 방정식을 구할 수 있는 근의 공식을 찾으려고 노력했어. 그렇지만 아무리 해결하려고 해도 잘 안 되었어. 증명에 가까이 가다가도 구멍이 생기고. 뭔가 잘 될 것 같은데 어그러지는 상황이 계속되었지."

"그래서 포기했나요?"

"포기는 포기인데 조금은 다른 방향으로 포기를 했어. 어쩌면 모든 5차 방정식의 해를 구하는 공식은 존재하지 않을지도 모른다는 생각을 한 거지."

"그게 그 말 아니에요?"

"아니, 처음에 연구한 것은 모든 5차 방정식을 풀 수 있는 방법이 존재한다는 가정하에 그 방법을 찾으려 하던 거고. 그것이 실패하자 그 방법을 못 찾았다고 생각한 게 아니고, 어쩌면 그런 방법이 처음부터 존재하지 않는 게 아닐까 생각을 하게 된 거지. 문제를 해결하기 위한 접근 방식을 근본적으로 바꾼 거야."

"성공했나요?"

"응, 모든 5차 이상의 방정식의 해를 구할 수 있는 공식은 존재하지 않았어. 생각의 방향을 바꿔 더 명쾌한 답을 얻게 된 거지."

"생각의 전환이라……."

"혹시 너도 방법을 찾지 못하고 망설이고 있는 문제는 없어? 그럴 때는 아벨처럼 생각의 방향을 바꿔 보는 것도 나쁘지 않아."

할아버지는 오늘도 님프 시절에 얻은 지혜를 모링에게 선물해 주고 가셨다. 창문을 통해 집으로 돌아가시는 할아버지를 보며 처음으로 방에 오신 할아버지께 제대로 대접을 해 드리지 못한 것이 마음에 걸렸다. 모링은 몸이 나으면 할아버지를 정식으로 초대해야겠다는 생각을 하며 일기장을 펼쳤다.

내가 답을 찾지 못하고 망설이고 있는 문제는 무엇인가?

모링은 갑자기 자신이 아빠와의 추억이 담긴 상자를 어떻게 할지 몰라 고민하고 있다는 사실을 떠올렸다. 후회하지 않을 완벽한 답을 찾고 싶었지만, 매번 생각 실험에만 갇혀 어떤 선택도 하지 못한 채 머물러 있었다. 아무리 생각해도 상자는 열어도 후회를 하고, 열지 않아도 후회를 할 것 같았다. 후회 없는 선택은 어떤 경우에도 없었다.

과연 인생에서 후회 없는 완벽한 선택이 있기는 하는 걸가?

모링은 아벨이 그러던 것처럼 처음부터 존재하지 않는 답을 찾으려다 이렇게 제자리만 맴돌고 있는 것은 아닐까 생각했다.

지금 내 결정이 나중에 가서 틀렸다는 것을 알게 되더라도 그것 자체가 결국 완벽한 답에 가까워지고 있는 게 아닐까?

모링은 문득 인생에서 완벽한 답은 하나로 정해진 것이 아니라 시행착오를 하는 과정 자체라는 생각을 했다. 물론 어떤 결정을 내리더라도 나중에 더 큰 상처를 받는 것에 대한 두려움을 극복할 용기가 필요함은 당연했다. 모링은 담담히 다시 일기를 적기 시작했다.

　상처가 두려워 어떤 시도조차 하지 않고 매번 생각에만 그친다면 그것은 정말이지 가장 한심한 거야. 이제 결정을 하자. 이제는 그만 과거의 슬픔을 피하지 말고 용감하게 맞서야지. 아빠와의 추억 상자를 열 거야. 설사 나중에 더 큰 상처를 받게 되더라도 아빠와의 아픈 추억을 담담하게 떠올릴 수 있다면 내 꿈도 더 빨리 실현될 수 있을 거야.

수학 문제든 인생에서 만나는 문제든 그것을 해결하기 위한 태도는 일맥상통하는 것 같았다. 진짜 어른이 되기 위해 어떻게 해야 하는지 이제야 감이 오는 것 같았다.

　"그래, 나도 꿈이 있잖아. 과거의 슬픔과 상처에 빠져 계속 허우적거리기만 할 수는 없지."

할아버지의 이야기를 들으면 들을수록 천재들은 타고난 지능이 평균 이상이라 고민을 쉽게 해결하는 사람이기보다 고민을 해결하는 과정에서 겪는 어려움을 인내하고 극복하는 힘이 평균 이상인 사람이라는 생각이 들었다. 그러고 보니 신은 모든 사람들에게 어려움을 줘서 사람들을 성장시키는 게 아닐까? 나에게 닥친 어려운 일은 어쩌면 내가 천재가 되기 위한 인내심을 갖고 있는지 확인하기 위한 신의 실험일지도 모른다고 생각했다.

모링은 1층으로 내려가 엄마 방에 들어가서 아빠와의 추억을 꼭꼭 담아 놓은 상자를 가지고 2층으로 올라왔다. 그리고 상자를 열었다.

이 얼마 만인가? 아빠가 세상을 떠난 후 아빠와의 추억을 꼭꼭 담아 놓은 상자가 드디어 열렸다. 그동안은 아무렇지도 않게 추억을 떠올리기가 너무나 힘들었지만 이제는 담담히 받아들일 수 있었다. 상자 안에는 아빠와 함께한 시간이 고스란히 담겨 있었다. 아빠가 읽어 주시던 『위대한 수학자』라는 책이 있고, 아빠와 목욕할 때 갖고 놀던 플라스틱 오리도 있었다. 아빠와 맞추던 500조각 퍼즐도 들어 있고, 어릴 적 자전거를 탈 때 쓰던 헬멧도 있었다. 아빠와의 추억이 담긴 상자를 열어 보는 게 이제는 아주 힘들진 않았다. 상처에 확실히 새살이 돋아난 것 같았다. 그리고 드디어 모링은 상자 안에 아빠가 돌아가신 날의 신문이 담긴 가방을 넣고 뚜껑을 닫는 것으로 열네 살 어린 모링과 이별을 했다. 사과 가방이 그렇게 무거웠었나? 몸이 아주 가벼워서 날아갈 것만 같았다.

12
친구

모링은 한동안 몸을 추스르느라 할아버지 댁에 가지 못했다. 시간이 좀 지나고 몸이 다 나은 후에야 반고 할아버지 댁으로 향했다.

"모링, 굿모닝. 오랜만이야."

할아버지는 따뜻한 포옹으로 모링을 맞았다. 집 안으로 들어서자마자 모링의 눈이 휘둥그레졌다.

"집 안 분위기가 많이 바뀌었어요."

"응, 거실에 있는 책장을 좀 정리했지."

"책들도 다시 꽂은 건가요?"

"음, 그렇다고 할 수도 있지. 시간 이동 님프 시절 이야기를 하면서 내가 시간을 옮긴 천재들의 자료를 모아 봐야겠다는 생각이 들었어. 책장 일곱 개를 나란히 놓고 탈레스, 아르키메데스, 라파엘로, 뉴턴, 오일러, 아벨의 공간으로 만들었지. 천재들의 시간을 옮기는 것은 극도의 긴장과 집중을 요구하는 일이라 순간순간에는 집중했지만 정작 그들의 삶을 유심히 살펴본 것은 너에게 이야기를 해 주면서부터야. 네 덕분에 다시 한번 내가 어떤 일을 했고, 내가 시간을 옮긴 사람들에게서 어떤 삶의 방식을 배웠는지 돌아보게 되었어."

"지난번 책들은 어디로 갔어요?"

"일부는 여기 있고, 나머지는 침실로 옮겼어."

"내가 갖고 있던 자료를 먼저 꽂아 두고 요즘 틈틈이 도서관에서 필요한 것을 더 찾아보고 있어. 키엘 덕에 매번 도서관에 가지 않아도 편하게 책을 빌려 볼 수 있어."

"이 책장도 언젠가 다 채워지겠군요."

"내가 기억하는 천재들의 모습과 사람들이 기억하는 모습의 차이는 있지만 그 다양함을 모두 담으려고 해. 내가 죽기 전 나 스스로를 위해 하는 시간 정리라고 해 두지."

"할아버지가 돌아가시다니요. 그런 말씀은 하지 마세요."

모링은 반고 할아버지가 죽는다는 것은 상상할 수도 없었다.

"오래 쉬어서 몸이 근질근질하지? 우리 야구나 할까?"

"할아버지는 정말 귀신이세요."

"처음엔 신이라더니. 이젠 귀신이래."

"하하하."

"그럼 오늘 한번 나가 볼까?"

반고 할아버지와 모링은 글러브와 공을 갖고 큰길로 나갔다. 보리밭과 해바라기 밭 사이에 난 큰길은 한적해서 야구 하기에 딱 이었다.

"받아라!"

모링은 할아버지가 던진 공을 뛰어가서 잡았다.

"할아버지, 받으세요."

모링 역시 있는 힘껏 할아버지에게 공을 던졌다. 할아버지는 운동 도 잘했다. 모링도 뒤처지지 않으려 이리저리 잘도 뛰어다녔다. 그러 길 한참 만에 누가 먼저랄 것도 없이 모링과 할아버지는 길에 벌렁 드러누웠다. 구름이 태양을 적당히 가려 눈이 부시지 않았다.

"할아버지, 감사해요."

"싱겁긴."

"아빠 돌아가시고 처음 하는 캐치볼이에요. 아빠와의 추억도 상 자에 꼭꼭 담았거든요. 추억을 아무렇지도 않게 꺼내기가 너무 힘들 었어요. 슬픈 감정을 꽁꽁 숨긴 줄 알았는데, 오래가지 못했죠. 더 는 참을 수 없을 것 같을 때 여기로 이사를 왔어요. 학교를 떠나오 기 전까지는 제가 잘 참았기에 친구 중 제가 우는 것을 본 아이는 없어요. 다행이라고 생각해요."

"친구들이 보고 싶지는 않니?"

모링은 선뜻 답을 하지 않았다.

아빠가 돌아가시고 귀신까지 보는 아이를 좋아하는 다른 부모님은 많지 않았다. 하나둘씩 알 수 없는 이유를 대고 멀어지는 친구들의 시선을 느꼈다. 모링에게 친구들은 상실감을 안겨 주었다. 친구란 단어는 학교를 떠나온 순간 잊으려고 했다. 하지만 이사를 오고 할아버지에게 좋은 이야기를 들으며 마음이 편해지니 친구들과 잘 지내던 기억이 새록새록 났다. 그때마다 친구들이 많이 보고 싶었지만 자존심 때문에 생각이 나지 않는 척했다.

"나를 이해해 주는 친구가 한 명만 있어도 세상은 살 만한 곳이지."

"전 할아버지가 있잖아요. 할아버지는 제 소중한 친구세요."

"고맙군, 친구. 이제 일어날까?"

모링과 할아버지는 일어났다.

"보리밭의 푸르름과 해바라기밭의 노란색이 참으로 잘 어울리는구나."

"이런 곳에서 살 수 있게 된 건 정말 감사한 일이에요."

"모링! 혹시 해바라기를 좋아한 화가를 아니?"

"고흐요?"

"그래 잘 아는구나!"

"네, 엄마가 좋아하시는 화가예요. 고흐 그림이 그려진 냉장고 자석도 집에 있어요."

"하하, 냉장고 자석은 위대한 화가의 그림을 소장하는 가장 경제적인 방법이지."

"그러고 보니 고흐도 고갱이라는 친구가 있었지만 끝은 좋지 않았네요."

"하지만 고흐에겐 고갱 말고도 영혼이 통하는 친구가 있었지. 무한을 같이 본 친구."

"무한을 같이 본 친구요?"

보리밭과 해바라기밭 사이를 걸으며 반고 할아버지와 모링의 이야기는 계속 이어졌다.

"고흐가 죽기 1년 전에 그린 그림이 있어. 바로 〈별이 빛나는 밤〉이라는 작품이지. 아마 너도 봤을 거야. 역동적인 밤하늘과 별들이 그려진 그림이야."

"아, 알아요! 해바라기 그림과 같이 냉장고에 붙어 있어요. 별과 구름이 꿈틀꿈틀거리는 것처럼 보이는 그림이죠?"

"맞아, 회오리치는 듯 꿈틀거리는 필치는 강렬한 색과 결합되어 감정을 더욱 격렬하게 표현할 수 있었지. 밤하늘에서 구름과 대기, 별빛과 달빛이 폭발하듯 말이야."

"그 그림은 살아서 움직이는 것 같아요. 그런데 저는 그런 밤하늘을 한 번도 본 적이 없어요. 저는 제목을 모르고 봤을 때는 별이 아니라 태양인 줄 알았어요."

"그건 모링 너뿐만이 아니라 많은 사람들이 궁금해하던 부분이야."

"그래요?"

"학자 중에는 고흐 그림에 나오는 둥근 것이 해인지 아니면 달인지를 분석한 사람도 있어."

"그걸 분석까지 하다니……."

"천체가 걸린 절벽의 위치와 고흐가 그림을 동생에게 보낸 시기 등을 분석한 결과, 이 그림은 1889년 7월 13일 밤 9시 8분에 떠오른 보름달을 그린 것으로 밝혀졌어."

"대단하네요."

"그렇지?"

"그 그림에서 고흐는 도대체 무엇을 표현하려고 한 걸까요?"

"무한이지."

"무한이요?"

"친구가 본 무한을 고흐는 밤하늘의 별을 통해 표현하려고 한 거야."

"그 친구가 누구죠?"

"바로 내가 마지막으로 시간을 옮긴 천재 수학자 칸토어란다."

"네?"

모링은 그 말을 믿을 수가 없었다.

"그래, 세상 사람들 아무도 모를 거야. 도서관에서 칸토어에 관한 모든 자료를 찾아봐도 그 이야기가 없는 걸 보면 어디에도 그날 밤의 기록이 남아 있지 않은 거지."

"그날 밤이라뇨?"

"1889년 7월 13일 프랑스 파리 생레미 정신 병원, 칸토어와 고흐가 정신 병원에서 만난 날."

"정신 병원이요?"

모링은 반고 할아버지가 지금까지 해 주신 이야기 중에 가장 믿을 수 없는 이야기를 듣고 있다는 표정을 지었다.

"수학자 칸토어는 내가 마지막으로 시간을 이동한 사람이야. 칸토어는 무한을 연구한 수학자야. 그는 사람들에게 미쳤다는 소리를 들었지."

"왜요?"

"그걸 어떻게 설명해 줘야 할까. 칸토어가 겪었을 어려움을 쉽게 설명할 수 있을지 모르겠구나." 할아버지는 잠깐 생각을 하셨다가 말을 이어 가셨다. "모링! 일단 자연수와 짝수 중 어느 수가 더 많을 것 같니?"

"그야 자연수 아니에요? 자연수 안에 짝수가 있으니까요?"

"그렇지? 그게 당시 모든 권위 있는 수학자들의 생각이었어."

"그런데 운동장에 두 지역에서 온 사람들이 일일이 셀 수 없을 정도로 많이 모여 있을 때, 어느 지역 사람들이 더 많이 왔는지 알고 싶다면 어떻게 해야 할까?"

"간단해요. 다른 지역에서 온 사람끼리 서로 짝을 맺어 주면 돼요. 짝 없이 남은 사람이 있는 쪽이 더 많이 온 거죠."

"그러면 자연수하고 짝수를 짝을 맺어 줄 수 있겠니?"

"자연수 1은 짝수 2에 자연수 2는 짝수 4에, 그러니까 자연수마다 자신의 2배 되는 짝수와 짝을 하면 될 것 같은데요?"

"그렇게 되면 자연수에 남는 게 있을까?"

"아뇨, 짝수도 무한히 계속 있으니까 짝은 계속 맺어지지 않을까요?"

"그렇지? 그럼 자연수와 짝수는 개수가 같은 게 아닐까?"

"엥! 그런가요?"

"부분이 전체보다 작아야 될 것 같은데, 자연수하고 자연수의 일부라고 생각한 짝수는 크기가 같아지게 되는 거야."

"이상하네요."

"이상한 것은 우리가 무한을 유한한 세계의 관점에서 바라봐서 생기는 현상이지. 당시 수학자들도 부분이 전체와 같아지는 현상은 전체는 부분보다 크다라는 예전부터 전해 오던 수학의 가장 기초적인 원리에 어긋난다고 해서 말도 안 되는 소리라고 했어."

"그 말도 안 되는 소리를 한 사람이 칸토어군요."

"그렇지, 칸토어는 유한에서 일어난 일이 무한에서 똑같이 일어날 필요가 없다고 한 거지. 모든 사람들이 생각하고 있던 고정관념을 깨고 한 단계 위로 올라가려고 한 거야."

"천재들은 고정관념에 잡히지 않는 사람들인 것 같아요. 아벨도 그렇고 생각이 유연하고 융통성이 있어요. 하지만 주변 사람들을 설득하는 게 쉽지는 않았을 것 같아요."

"일단 무엇보다 칸토어의 스승인 크로네커부터가 그를 미치광이라고 생각했어. 당시 권위 있던 수학자들도 칸토어의 생각은 미치광이가 읊어 대는 소리라고 비하했지. 아마도 그때 칸토어의 괴로움을 너는 잘 이해할 것 같아. 너도 다른 사람들이 볼 수 없는 존재들을 보게 되면서부터 이상한 아이라는 시선을 받았잖아. 마찬가지로 남들이 보지 못하는 무한을 보는 칸토어를 사람들은 정상이라고 생각하지 않았어. 이성적인 수학자들도 그들의 믿음을 흔드는 일에는 당황하고 격렬하게 비이성적으로 반응했거든."

"슬프고 억울하고 답답했겠어요. 그래서 칸토어는 어떻게 되었나요?"

"피하지 않았어. 그냥 밀고 나갔지. 칸토어는 뚝심이 있었어. 이미 무한의 세계로 빠져든 칸토어를 아무도 막을 수는 없었어. 눈으로도 볼 수 없고 손으로도 만질 수 없는 무한을 직관과 수학적 상상력으로 체계를 잡아 가기 시작했지. 무한을 조직적으로 세기 위해서 유한한 대상부터 개수를 센다는 개념을 체계적으로 정리하기 시작했지. 그게 바로 지금 수학을 체계적으로 정리하게 된 바탕이 되는 집합이란 이론이야."

"저도 사람들한테 이상한 사람이라는 시선을 받았을 때 그런 용기를 냈으면 좋았을 텐데……."

"시간이 조금 걸리긴 했지만 모링도 이제는 용기가 생겼잖아."

"그러고 보니 탈레스, 아르키메데스, 뉴턴, 라파엘로, 오일러처럼 살아 있을 때 인정받는 것도 큰 축복이네요. 아벨도 그렇고 칸토어도 그렇고 살아 있을 때는 너무 힘들었겠어요."

"그래. 칸토어는 당시 권위와 상식에 맞지 않은 생각으로 엄청난 비난을 받다 보니 너무 외로웠어. 무엇보다 자신의 스승이 자신에게 등을 돌렸을 때 가장 큰 충격을 받았지."

"저도 그랬어요. 할아버지는 저에게 등을 돌리지 않으실 거죠?"

"염려 마, 모링."

"그래서 어떻게 되었어요?"

"때때로 정신병의 징후를 나타내다가 그 증상이 점차 심해졌어. 심지어 칸토어가 학회에 참석하기 위해 프랑스에 잠깐 갔을 때도 이상 증상이 보여 프랑스의 정신 병원에 머물기도 했어. 그리고 그때 고흐를 만났어."

"미치광이 소리를 듣던 천재는 또 다른 미치광이 소리를 드는 천재를 알아봤나요?"

"그랬을까? 칸토어는 갇힌 공간이 싫어 밤바람을 쐬러 나갔어. 칸토어의 머릿속은 온통 무한으로 가득 차 있었기에 늘 멍한 눈동자로 무한에 대한 이야기만 반복했지. 그때 칸토어를 뚫어져라 바라보던 사람이 있었는데 바로 그가 고흐였어. 칸토어를 본 고흐가 딱 한마디 하더군. '여기 온 걸 보면 세상이 당신을 담을 그릇이 안 되는군' 이라고."

"자신에게 한 말이기도 할까요?"

"글쎄."

"두 사람은 뭔가 서로 통했던 것 같아. 고흐가 수학을 어떻게 알겠어? 그런데도 그는 그림을 그리려고 나왔다가 우연히 만난 칸토어의 중얼거림을 끝까지 들어 주었어. 듣고 난 후 칸토어에게 이렇게 말도 했지. '눈에 보이지 않는 무한과 사랑에 빠진 외로운 자여. 더는 외로워 말게. 내가 무한을 눈에 보이게 그려 주겠네. 사람들이 자네 말을 듣게 될 거야'라고 말야."

교감하는 두 천재의 이야기에 모링은 몰입했다.

"고흐는 그날 밤 하늘을 무한함의 대상으로 표현했지. 그 옆에는 칸토어가 앉아 있었어. 그리고 그 그림이 바로 〈별이 빛나는 밤〉이야. 나는 그 그림을 〈무한이 빛나는 밤〉이라고 불러."

"눈으로 볼 수 없는 무한을 고흐의 방식으로 표현해 주었군요. 천재는 다른 사람이 보지 못하는 것을 볼 수 있는 상상력이 있는 사람인가 봐요."

"사실 둘의 만남은 짧았지만 그 만남은 서로에게 깊은 울림을 준 것 같아. 그러고 보면 다른 사람들에게 미치광이 소리를 듣던 천재들도 그들을 믿어 주고 지지해 준 친구가 적어도 한 명은 꼭 있었어. 많지 않아도 자신을 변함없이 믿어 주고 지지해 주는 친구가 있어서 그들은 쉽지 않은 길을 견뎌 낼 수 있었고, 그 혜택을 많은 사람들이 누리게 되지 않았나 싶어. 그러니 옆에서 천재를 격려해 준 친구 역시 우리 인류의 발전에서 소중한 존재들이지."

반고 할아버지는 모링을 쳐다보며 말했다.

"모링, 학교를 떠나온 지도 한참 지났는데, 정말 보고 싶은 친구가 없나?"

갑자기 안 하던 운동을 많이 한 탓일까? 저녁에 집에 돌아오자마자 모링은 침대에 벌렁 누웠다. 밥 생각도 없었다. 머릿속엔 할아버지가 하신 질문이 계속 맴돌았다.

"정말 보고 싶은 친구가 없을까?"

솔직하지 못한 자신의 대답이 부끄러웠다. 침대에 누운 채로 모링은 생각했다. 아빠를 잃은 슬픔을 받아들이니 비로소 친구가 떠올랐다.

'소중한 사람들은 나와 함께 보이지 않는 인연의 실에 한 줄로 묶여 있는 것은 아닐까?'

하나를 당기니 또 다른 것이 함께 딸려 오는 것의 이유를 그렇게 상상해 봤다. 거기에서 중심은 물론 자신임을 모링은 잘 알고 있었다.

"내가 학교를 다시 가고 싶지 않게 된 것은 무엇 때문일까?"

아빠의 기억을 떠올리는 것이 꼭 아픈 것만은 아님을 깨닫고 담담히 아빠와의 이별을 받아들일 수 있었던 것처럼, 학교에서 받은 상처 역시 회피만 할 것이 아니라 더 잘 들여다봐야 극복할 거란 생각이 들었다. 모링은 학교를 떠올렸다.

"학교에서 싸운 그 친구 때문일까? 아빠 없는 아이가 교육을 제대로 받지 못했다고 말한 그 아줌마 때문일까? 나를 보고 귀신을 본다고 수군거리던 사람들 때문일까?"

떠올려 보면 시끄러운 일이긴 했지만 그 사람들은 모링에게 크게 영향을 준 사람들은 아니었다.

'그럼 내 안의 가장 커다란 섭섭함은 무엇이었을까?'

한참을 들여다보니 떠오르는 한 아이가 있었다.

"모링, 농구 같이하자!" "모링, 숙제했어? 내 꺼 보여 줄까?" "지금 뛰어가면 급식 1등으로 먹을 수 있어." "모링, 새로 생긴 햄버거 집 가 봤어? 새우 버거 맛이 끝내줘."

그리고 자신이 사람들에게서 오해를 받을 때 저 뒤편에서 슬픈 눈을 하고 있지만 나서서 말해 주지 못한 그 아이의 모습이 보였다. 그 아이는 모링에게 가장 소중한 친구였다. 모링은 자신을 위해 나서 주지 못한 친구에게 섭섭함을 넘어 배신감을 느꼈음을 깨달았다.

"왜 날 위해 나서 주지 않았을까?"

친구에 대한 섭섭함과 울분이 터져 나왔다. 1년 전 모링이었다면 친구의 행동을 원망하는 데에서 생각을 멈추었을 것이다. 하지만 지금의 모링은 하루하루 치열하게 생각하고 천천히 성장하고 있었다. 이제는 입장을 바꿔 나라면 어땠을지 생각해 볼 수도 있었다.

모링은 친구의 얼굴을 지우려 베개에 얼굴을 파묻었다. 그러나 지우려고 할수록 친구의 얼굴이 더 생생하게 떠올랐다. 고개를 좌우로 흔들어 보았지만 소용없었다. 침대에서 벌떡 일어난 모링은 책상에 앉았다. 창밖으로 보이는 밤하늘을 바라봤다. 고흐의 그림처럼 무한한 별들이 찬란하게 빛나고 있었다.

"무한한 별에 비하면 나를 둘러싸고 있는 인연은 정말 얼마 되지 않는데…… 열네 살 인생이 쉽지만은 않구나!"

모링은 일기의 마지막에 다음과 같이 썼다.

보고 싶다, 친구야!

13
열네 살, 스스로 일어서기

오늘은 키엘이 도서관에 나가지 않는 날이다. 키엘은 다시 일을 시작하면서부터 모링과 충분히 같이 있어 주지 못해 늘 미안했기에 쉬는 날만이라도 모링과 온전히 함께하고 싶었다. 그래서 이른 아침 부터 모링이 좋아하는 음식을 정성껏 준비했다. 고기 굽는 냄새가 2층에 있는 모링의 방까지 올라갔다.

"오! 오늘 아침은 스테이크예요?"

하루가 다르게 부쩍 크는 모링을 위해 키엘은 스테이크를 준비 했다.

"얼른 씻고 오렴."

이미 식탁 위에는 샐러드와 빵과 파스타가 준비되어 있었다.

"엄마, 도대체 몇 시에 일어나신 거예요? 쉬는 날인데 좀 더 늦게 일어나시지……"

모링은 쉬는 날에도 자신의 식사를 준비하기 위해 일찍 일어난 엄마에게 미안한 마음이 들었다.

"아냐, 일찍 일어나는 게 습관이 돼서 더 잠도 안 와. 반고 할아버지도 곧 오실 거야. 매일 너를 봐 주시니 식사 한 끼로는 턱없이 부족하지만, 이렇게라도 감사의 마음을 전해 드리고 싶구나!"

"그래요?"

모링의 얼굴이 더 밝아졌다.

"할아버지가 그렇게 좋니?"

"그럼요."

키엘은 모링의 얼굴에서 그늘이 사라지고, 말도 많아지고, 자신과 사이가 더 좋아진 것은 모두 할아버지가 잘 돌봐 주신 덕이라 생각했다. 키엘에게 반고 할아버지는 은인이나 다름없었다.

"저기 할아버지가 오시네요."

부엌 창밖으로 반고 할아버지가 자전거를 타고 오는 모습을 보고 모링은 반갑게 맞으러 나갔다.

"반고 할아버지, 굿모닝!"

모링은 문 앞에서 매일 자신을 향해 인사를 해 주시던 할아버지 흉내를 내며 반갑게 맞이했다.

"저를 초대해 주다니 너무 고마워요, 키엘."

"할아버지가 해 주시는 것에 비하면 정말 너무 약소해요."

이렇게 온 가족이 행복한 모습으로 식탁에 둘러앉아 아침을 먹은

게 정말 얼마 만인지 몰랐다.

"키엘, 고기가 정말 맛있게 구워졌어요."

"더 드셔도 돼요."

"모링, 오늘은 기름병을 따지 않았나 보구나! 머리가 젖어 있지 않은 걸 보니."

"아이! 할아버지 저 놀리시는 거죠?"

키엘이 미처 몰랐던 두 사람만의 추억을 이야깃거리로 삼아 맛있는 식사를 이어 갔다. 하지만 반고 할아버지와 모링은 키엘에게 시간 이동 님프 이야기와 님프들이 모링의 눈에 보이게 된 이유는 말하지 않았다. 그리고 모링도 이제는 엄마 옆을 움직이며 시간을 옮기는 님프들을 크게 의식하지 않았다.

식사를 마치고 모링은 정리할 게 있다면서 방으로 올라갔다.

키엘과 반고 할아버지는 거실로 자리를 옮겨 차를 마셨다.

"이렇게 따뜻한 아침 식사를 해 주셔서 고마워요, 키엘."

"무슨 말씀을요. 모링을 밝게 변하게 해 주셔서 저야말로 정말 감사해요."

"모링 스스로 성장한 겁니다. 전 한 게 없어요."

"사실 지난번 출근했다가 모링의 사진이 필요해서 다시 집으로 온 적이 있어요. 모링의 책상 서랍에서 사진을 찾다가 우연히 모링의 일기를 보게 되었답니다."

"어떤 내용이 있는지 저도 궁금하네요."

"할아버지가 해 주신 옛날이야기 같은 것이 빼곡히 적혀 있었어요. 저도 읽다가 너무 재미있어서 그만 다시 나가야 하는 것을 잊을 정도였죠. 어떻게 그렇게 재미있는 이야기를 만드시는지 정말 대단하세요."

키엘은 할아버지의 비밀을 모르는 것 같았다.

"그 이후로 모링이 잠이 들거나 제가 또 혼자 집에 무엇을 찾으러 올 때 계속 일기를 봤어요. 이야기도 재미있지만 모링이 서서히 마음에 있는 상처를 극복해 가는 것 같아서 가슴이 너무 벅찼어요."

키엘의 목소리가 떨렸다.

"저도 하루가 다르게 밝아지는 모링의 모습을 보니 기운을 얻어서 덩달아 밝아지고 있어요. 이 모든 게 할아버지 덕분이에요."

"별말씀을요. 다 뒤에서 묵묵히 기다려 준 키엘 덕분이에요."

"모링이 지난번에 아빠와 추억이 담긴 상자를 다시 찾았어요. 저도 어떻게 해야할지 몰라 스노버 선생님께 전화를 드렸죠. 스노버 선생님은 모링의 정신 상담을 해 주시는 의사세요."

"뭐라고 하시던가요?"

"모링이 상처를 피하지 않고 들여다볼 수 있는 힘이 생긴 것 같다면서 모링의 상태가 많이 좋아진 거라고 말씀하셨어요."

"다행이네요."

"지난번엔 모링이 그렇게 늘 품고 다니던 사과 가방을 그 추억 상자 안에 넣는 것을 봤어요. 제 방에 돌아와 얼마나 울었는지 몰

라요. 모링이 이제야 아빠와 정식으로 이별을 할 수 있게 된 거 같아
요. 모링도 모링이지만 어쩌면 제 마음의 시계도 남편이 죽은 그날
부터 멈춰 있던 게 아닌가 싶었어요. 모링 그 어린 녀석도 서서히 성
장해 가고 있는데 저 자신이 너무 부끄러웠어요."

"어느 순간 자신의 삶에서 사라진 아버지의 존재를 이성적으로 실
감할 수 있는 사람이 몇이나 될까요? 모링을 낫게 한 건 제가 아니
라 시간이라 생각해요. 그리고 그 시간을 묵묵히 뒤에서 지켜봐 준
엄마가 있었기에 가능한 거예요. 자식이 힘들어할 때 직접 나서지 않
고 자식에게 스스로 성장할 수 있는 시간을 주는 것이 부모에겐 가
장 어려운 일인데, 키엘이 그걸 해낸 거예요. 키엘, 고생했어요."

"차가 너무 진하죠? 직장 동료가 중국 여행을 갔다가 사 온 건데,
제가 아직 찻잎을 얼마나 넣어야 할지 몰라서 이렇게 되었어요."

키엘은 쏟아질 것 같은 눈물을 참느라 화제를 돌렸다.

그때 2층에서 아빠의 추억이 담긴 상자를 들고 모링이 내려왔다.

"엄마 여기 있는 물건들도 꺼내서 장식장에 둬도 돼요? 자연스럽
게 볼 수 있게요."

"모링, 너 괜찮겠어?"

"네, 이제 괜찮을 것 같아요. 이렇게 가둬 두는 것보다 보면서 아
빠와의 추억을 자연스럽게 떠올리고 싶어요."

"그래, 같이 정리하자."

"거실 선반이 부족하면 오늘 아침 식사 값으로 내가 선반을 만들

어 주마!"

반고 할아버지와 키엘과 모링은 장식장을 정리하며 행복한 아침을 보냈다. 몇 개 남은 물건을 올려놓을 선반을 만들기 위해 반고 할아버지는 집으로 가셨다. 거실에는 모링과 키엘 단둘만이 남았다.

"엄마 할 말이 있어요."

모링의 눈에 빛이 났다.

"엄마 미안해요. 엄마도 무척 힘드셨을 텐데, 제가 입은 상처만 생각했어요. 이제 제 상처에 새살이 돋아난 것 같아요. 그동안 뒤에서 묵묵히 지켜봐 주셔서 감사해요."

모링의 목소리엔 힘이 실려 있었다.

"엄마! 저 학교로 다시 돌아갈래요."

14
부탁

"들었나? 모링이 학교를 다시 간다고 하는군."

아무도 없는 방 안에서 반고 할아버지가 누군가에게 말을 걸었다.

"어때 이제 마음이 좀 편해졌나?"

"네, 감사합니다."

할아버지에겐 누군가의 대답이 들렸다. 하지만 방 안엔 할아버지 말고는 아무도 보이지 않았다.

"감사하긴. 모링이 상처를 받게 된 데는 내 잘못도 있으니 자네만을 위한 일이라는 생각은 말게."

"그래도 할아버지께 제가 부탁을 드릴 때 혹시 불쾌해하시면 어떨까 정말 많이 망설였습니다."

"사실 자네가 자네와의 추억을 모링에게 떠올리게 하는 역할을 해 달라는 부탁을 했을 때 내가 떠나온 곳에서 일어난 일에 대해 내가 개입을 다시 해야 하나 고민한 것은 사실이네. 하지만 다른 걸 다 떠나서 한 아이가 너무 어린 나이에 세상에 상처받고 고립되는 것을 가만히 두고 볼 수는 없었네. 그 아이의 마음속 상처를 보듬어 다시 세상에 맞서 나갈 수 있는 사람이 되게 하기 위해서는 내가 노력해야 하지 않을까란 의무감을 느꼈을 뿐이야. 자신은 없었지만 말야."

"감사합니다."

"결국 모링이 세상으로 향하게 된 것은 모두 자네 때문이 아니겠나. 모링을 낫게 한 건 모링과 자네의 추억이지. 아빠와의 추억을 모두 상자에 담아 꼭꼭 숨겨 두고 다시는 열어 보지 않을 것 같았는데, 자네가 알려 준 대로 모링에게 『위대한 수학자』를 읽어 주고, 1000조각 퍼즐도 맞추고, 목욕도 시키고, 피자도 함께 만들고, 자전거도 가르쳐 주고, 캐치볼도 했더니 모링의 맘이 열렸다네."

"모링이 눈치채지 못하게 자연스럽게 해 주셨기 때문에 가능한 일이었습니다."

"나야 평생 드러나지 않는 그림자 같은 인생이 아니었나. 눈치채지 못하게 일을 진행하는 것은 아무것도 아니라네."

"모링의 마음의 상처가 점차 치유되어 상자 안 자네와의 추억을 나눌 수 있을 만큼 호전된 것 같아."

"모링이 자네가 죽은 뒤 계속 들고 다니던 신문을 상자 안에 넣었을 때 이제야 비로소 아빠와의 이별을 제대로 할 수 있게 된 것 같아 가슴이 뭉클했다네. 자네는 섭섭해할 수도 있겠지만 말야."

"전혀요. 모링이 이제야 자신에게 일어난, 설명할 수 없는 일로 겪은 슬픔과 어려움을 극복하고 홀로 설 수 있는 사람이 된 것 같아 기쁩니다."

"아버지의 사랑이지. 위대한 사랑. 세상에서 가장 가치 있는 것은 오히려 눈에 보이지 않지."

반고 할아버지는 한참을 있다가 다시 물었다.

"자네가 선택한 그 길이 쉽지 않은데, 갈 수 있겠나?"

"네, 가 보려고 합니다. 지금은 그것만이 모링을 위해 제가 할 수 있는 일이라 생각합니다."

"하지만 알로곤 서약으로 감정을 추출하면 자네는 모링에 대한 기억도 감정도 다 없어질 텐데."

"그래도 괜찮아요. 전 모링 곁에서 모링과 시간을 함께 보낸다는 것 자체면 충분합니다.

"혹시 감정이 완벽하게 추출되지 않았을 때도 절대로 그 아이 인생에 개입을 해서는 안 되네. 그것은 오히려 아이의 성장을 막는 거라는 걸, 명심 또 명심하게."

"네, 알겠습니다."

"언제부터 일하는가?"

"모링이 학교로 돌아가는 날부터입니다."

"모링의 시간 이동 님프가 된 걸 진심으로 축하하네."

반고 할아버지가 만난 소설 속 천재들

탈레스(B.C. 624?~B.C. 547?)
그리스의 자연철학자

고대 그리스에서 기원전 7세기와 기원전 6세기에 활동하던 7대 현인 중 한 사람이다. 자연 현상을 신화에서 분리해서 해석해 만물의 근원을 과학적으로 이해하려 노력한 이오니아학파의 창시자이기도 하다. '이등변 삼각형의 두 밑각은 서로 같다', '두 직선이 만날 때 이웃하지 않는 두 개의 각을 맞꼭지각이라고 하며, 그 크기는 서로 같다', '두 삼각형에서 대응하는 두 각이 서로 같고, 대응하는 한 변이 서로 같으면 합동이다' 등 기하학적인 문제를 직관이나 실험이 아닌 연역적이고 체계적인 사고방식으로 증명하고자 했다.

아르키메데스(B.C. 287~B.C. 212)
그리스의 물리학자이자 수학자

기본 이론과 원리를 정확하게 알아야 더 필요한 것을 만들어 낼 수 있다고 생각해 배움의 자세에서 원리와 근본을 중시했다. 역사상 위대한 과학자이자 수학자이며 인류 최초의 공학자이기도 하다.

저서 『구와 원기둥에 대하여』에서 구의 겉넓이와 부피 등에 대한 정확한 공식을 증명하고, 원뿔, 구, 원기둥의 부피의 비가 1:2:3임을 보이기도 했다. 당시로는 가장 정확하게 원주율의 값을 계산하기도 했다. 뿐만 아니라 부력의 원리와 지레의 원리를 발견했고, 아르키메데스 스크루도 발명했다.

라파엘로(1483~1520)
이탈리아의 화가

다빈치, 미켈란젤로와 함께 르네상스 시대의 3대 거장이라 일컬어진다. 궁정 화가이던 아버지 덕에 어릴 적부터 자연스럽게 그림을 접하며 성장했다. 아버지가 데려간 페루지노의 공방에서 재능을 발휘하기 시작했다. '아름다움은 엄격한 기하학적 질서에서 나온다'는 피에로 델라 프란체스카의 교훈을 깊이 새긴 듯 공간 구성에서 천재성을 발휘했다. 레오나르도 다빈치와 미켈란젤로의 작품을 공부하여 자신만의 독창적인 기법을 만들어 냈다.

뉴턴(1642~1727)

영국의 물리학자이자 수학자

수학 분야에서는 무한급수, 미분법, 적분법 등을, 물리학과 천문학 분야에서는 만유인력의 법칙, 운동의 3대 법칙, 빛의 스펙트럼을 발견해 위대한 업적을 남겼다. 저서 『무한급수에 의한 해석학에 관하여』, 『급수와 유율의 방법에 관하여』, 『프린키피아』를 통해 문제를 꿰뚫어 보는 통찰력과 수학적 능력에 대한 찬사를 받았다. 하지만 말년에 미적분학에 대한 표절 시비로 라이프니츠와 논쟁에 휘말리기도 했다.

아벨(1802~1829)

노르웨이의 수학자

특별한 재능을 보이지 않고 어린 시절을 보낸 후 스승 홀름보에를 만나 수학에서 재능을 발휘하기 시작했다. 뉴턴, 오일러 등 위대한 수학자들이 쓴 책을 보며 혼자 수학을 공부해 5차 이상의 방정식은 대수해가 없다는 사실을 최초로 증명했다. 하지만 극심한 가난 탓에 영양 부족에 시달리다가 병에 걸려 요절했다. 노르웨이 정부는 아벨 탄생 200주년을 기념해서 아벨상을 제정해 매년 수학 분야에서 탁월한 업적을 쌓은 학자에게 이 상을 주고 있다.

오일러(1707~1783)
스위스의 수학자

『무한해석개론』, 『미분학원리』, 『적분학 원리』, 『극대 또는 극소의 성질을 가진 곡선을 발견하는 방법』 등 평생 900편이 넘는 저서와 논문을 출판해 수학의 역사에서 가장 많은 출판물을 냈고, 시력을 잃은 후에도 연구를 멈추지 않았다. 그랬기에 그의 업적들 가운데 상당수는 눈이 먼 이후에 나온 것들이며, 프랑스의 수학자 라플라스는 자신의 제자들에게 "오일러를 읽으라, 그는 우리 모두의 스승이다"라고까지 했다.

칸토어(1845~1918)
독일의 수학자

러시아에서 태어났으나 아버지의 건강 문제로 열한 살 때 독일로 이주했다. 유리수 전체의 집합이 자연수 전체의 집합과 일대일 대응을 이룬다는 것을 증명했으며, 인간 정신의 가장 위대한 산물 중 하나인 집합론을 창시했다. 칸토어가 집합론을 내놓았을 때 수학계는 호의적이지 않았다. 특히 칸토어의 스승인 크로네커는 칸토어의 연구가 수학이 아니라 신학이라며 맹렬히 비판했다. 크로네커와 칸토어의 논쟁은 직관주의와 형식주의 학파의 논쟁으로 발전되기도 했다. 이로 인해 칸토어는 우울증에 시달렸고, 독일 할레에 있는 정신 병원에서 삶을 마감했다.

참고 문헌

단행본

『되살아나는 천재 아르키메데스』 사이토 켄 지음, 조윤동 옮김, 일출봉, 2007

『라파엘로』 크리스토프 퇴네스 지음, 이영주 옮김, 마로니에북스, 2007

『르네상스의 세 거장』 클라우디오 메를로 지음, 노성두 옮김, 사계절, 2003

『수학의 역사』 지즈강 지음, 권수철 옮김, 더숲, 2011

『수학자의 뒷모습 1, 2, 3』 허민 지음, 경문사, 2008

『신은 수학자인가?』 마리오 리비오 지음, 김정은 옮김, 열린과학, 2010

『위대한 수학자들』 이와타 기이치 지음, 김정환 옮김, 맑은소리, 2010

『위대한 수학자들의 사고방식』 김승욱 지음, 교우사, 2009

『천재 수학자들의 영광과 좌절』 후지와라 마사히코 지음, 이면우 옮김, 사람과책, 2006

『천재를 이긴 천재들』 이종호 지음, 글항아리, 2007

『청소년을 위한 수학자 이야기』 모리 쓰요시 지음, 김경은 옮김, 살림Friends, 2015

『현대 수학사 60장면 1』 이오안 제임스 지음, 노태복 옮김, 살림Math, 2008

영화와 드라마

〈지니어스〉, 2017

〈환상특급〉 '시간의 구성' 편

잡지와 신문

『크리에이티브 디자인 매거진 CA』 201호, 퓨처미디어, 2014. 08.

「반 고흐 '월출' 1889년 7월 13일 밤 9시 8분에 그렸다」, 『경향신문』, 2003.07.15.

시간을 보는 아이 모링

1판 1쇄 발행 2018년 3월 28일
1판 4쇄 발행 2020년 7월 15일
지은이 김상미
펴낸이 남영하

편집 장미연 이신아 **디자인** 박규리 **마케팅** 김영호
종이 세종페이퍼 **인쇄** 더블비

펴낸곳 ㈜씨드북 **등록** 제2012-000402호
주소 03149 서울시 종로구 인사동7길 33 남도빌딩 3F
전화 02) 739-1666 **팩스** 0303) 0947-4884
홈페이지 www.seedbook.kr **전자우편** seedbook009@naver.com
인스타그램 instagram.com/seedbook_publisher
페이스북 facebook.com/seedbook.kr
© 김상미 2018

ISBN 979-11-6051-186-4 (43810)

이 도서의 국립중앙도서관 출판예정도서목록(CIP)은 서지정보유통지원시스템 홈페이지(http://seoji.nl.go.kr)와
국가자료공동목록시스템(http://www.nl.go.kr/kolisnet)에서 이용하실 수 있습니다.
(CIP제어번호: CIP2018008487)